U0603029

皎洁月光

姚嘉卉 著

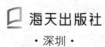
海天出版社
·深圳·

图书在版编目(CIP)数据

皎洁月光 / 姚嘉卉著. —深圳：海天出版社，
2019.10

ISBN 978-7-5507-2735-9

Ⅰ.①皎… Ⅱ.①姚… Ⅲ.①中国文学 – 当代文学 –
作品综合集 Ⅳ.①I217.2

中国版本图书馆CIP数据核字(2019)第188716号

皎洁月光
JIAO JIE YUE GUANG

出 品 人	聂雄前
责任编辑	涂玉香　陈　军
责任技编	陈洁霞
封面设计	龙墨文化盖 0755-83461000

出版发行	海天出版社
地　　址	深圳市彩田南路海天综合大厦　(518033)
网　　址	www.htph.com.cn
设计制作	深圳市龙墨文化传播有限公司（0755-83461000）
印　　刷	北京军迪印刷有限公司
开　　本	787mm×1092mm　1/16
印　　张	15.5
字　　数	190千
版　　次	2019年10月第1版
印　　次	2019年10月第1次
定　　价	49.80元

海天版图书版权所有，侵权必究。

海天版图书凡有印装质量问题，请随时向承印厂调换。

序一

刘洪一　深圳大学党委书记、教授

深圳大学校友姚文胜、蔡丽莉贤伉俪之千金姚嘉卉同学将出版新作《皎洁月光》，这是继她2014年13岁时出版个人作品集《蕙兰小札》五年后，又一本体现作者不凡才思和成长感悟的著作。嘉卉第一本书出版时，受到国学泰斗、深圳大学饶宗颐文化研究院永远名誉院长饶宗颐先生的赞赏，并为该书题写书名。这本书的一些文章，已发表在《深圳特区报》文学版作者个人专栏"蕙兰小札"上，不少篇目被新华社客户端转载，总阅读量多达几百万，其中若干篇超过100万。几年来，文胜校友时常将嘉卉同学的文章转发给我，每每读到小作者的文章，欣喜之情油然而生，让我惊奇而振奋。

这部散文集包括青春记忆、家庭亲情、四季趣事、求学生活以及读书品评等几部分，其中多为述事状物之作以及议论品评之说。我的直观感受是作者能娴熟地运用两种性质不同却又相互联系的叙事视角，给人以冷静与清新兼有的阅读体验。

　　小作者在《勇敢之匙》一文中，写到了她7岁那年回老家的一段难忘往事，写得跌宕起伏，读之令人"胆战心惊"。小作者带着小她两岁的表妹出门游玩，"非要带她去屋后面的草场看水牛"，好不容易到了草场，看不到水牛天色却昏暗了，沉醉不知归路，表妹哭，她迷路，如何是好？经过一番艰辛摸索，最后终于摸到家门口。小作者写道"左右两边原本浸在余晖中的茂密黄竹已不再鲜艳，黑暗镀上的阴影使它们宛如高而瘦的白骨，森寒地列布在废弃的排排瓦屋边"，当她回想往事，她说道："那时年仅7岁，年幼的我尚不理解爱与责任的含义，但表妹那双紧拽着我的小手传来信任的力量，怎能令我不勇敢？！"这样细腻传神的描写，这样穿透心扉的语言，实在很难想象出自一个年仅十来岁的小作者之手。在《自拍物语》中，小作者对自己"将长发捋到面前遮挡脸颊"的最佳肢体动作描写入微，把新一代零零后青年对生命的感悟巧妙诠释。《珍惜》一文

中将保安"晒得黝黑的脸""不算高的身子"与"明
亮的笑容"形成对比，使人物更加饱满，更加真实，
尤其是小作者对与自己同龄的小保安命运的叩问，更
是引人深思，令人感叹。小作者俯察花植昆虫的品类
之盛，仰观日月星辰宇宙之大，从自然意象进而关注
社会人文，日渐领悟到四季风情之外仍有万千世界。
这种创作实践是一种独特的文学视角，由己观物，物
我交融，全然不落"少年不知愁滋味，为赋新词强说
愁"的窘境。这对一位涉世未深、尚在中学阶段的学
生作者来说，实在弥足珍贵。

这本书中的多数文章，不局限于流俗的四季欢愉
和亲情感受。小作者在历史的长河中仰望群星，与人
类历史上众多伟大的灵魂惺惺相惜，此时她的情感是
复杂的，是在死亡和生存的母题中思考各类情感的意
义。总体来说，从亲人的默默守护写至与好友的小小
摩擦，从个人的当下思考写至家国的历史变迁、时代
的脉搏气息，领略到个人周围之外更有广阔的天地，

再回归到作为人类一分子的定位，思考着生命哲理，这是一种大视角。而这种视角与由己观物相比，却有着完全不同的创作体验。作者在读《文化苦旅》时有这样一段话："我看见了辉煌、宏伟的莫高窟，它早已被艺术的洪流积淀下无尽鲜艳夺目的色彩，一件件高超的壁画作品正散发宗教与美的气息。从壁画斑驳的一层层不同颜色，可窥探历史舞台的风起云涌，艺术恰好镌刻了一切。我看见茫茫雪白一片的阳关，无边的沙坟堆。"立于阳关外，"茫茫雪白"景色尽收眼底，视野里不再是"无边的沙坟堆"，而是历史变革的涌动，是由感性体验上升到理性辨析的过程，是一种立足时空而其意义又超越时空的体验。这两种视角切换也能纵览一个少年心路的成长过程，比同龄人有更广博的见闻、更广阔的襟抱；比一般职业作家多了份初生牛犊的"小清新"和朴拙的空灵感，实在难得。

随手翻阅，这本书随处可见清秀文字，宛如小作

者清丽面容一般。作者在读《人类群星闪耀时》时，思考的是
"人类个人和人类整体的'命数'"的问题，得出"一群凭借
坚韧灵魂和手段的人接下了这伟大事业的火炬"的结论，这和
我在国际比较文学大会上提出的"文明互鉴""普惠文明"和
"思想通约"的观点不谋而合，并与我在《两界书》中提出的
"直面生存困顿，筑造灵魂居所"的关切相契合。作者在《到
达以前》一文中写道："当我们真的走到这段旅程的终点，幻
想在周身铺满白色鲜花中做最后的呼吸，在焚烧火花中剧烈氧
化，或是在青青草地下缓慢氧化腐烂，或许我们不得不承认，
那或许是时间的终点，但此前心的跳动与灵魂的碰撞，早已在
世界的某一个角落留下了震动的余温。"我们常常有"告诸
往而知来者"的想法，花费诸多心力于事物的起源上，但也常
常逃避思考事物终结及其如何终结的问题，作者所谓碰撞后留
下的余温便是一种答案，不求生命如星辰般永恒，但求留下璀
璨夺目的瞬间。

　　江山代有才人出。我们庆幸，在深圳这样一个创意之都，
遇见这么一位才华横溢的文学少年。殊不知嘉卉同学当下正处

在学业极为紧张的中学阶段，还能抽出时间创作这么多作品，令人大为赞叹。我们朝夕与共的这座城市，不仅能创造经济和科技的奇迹，未来也将以一流的文化文学感动世界，影响世人，这是所有城市从卓越迈向伟大的必经之路。"岂曰无衣，与子同袍"，在这条路上，让我们与姚嘉卉同学共勉共进。

是为序。

序二

刘 静 《深圳特区报》文学版主编

　　嘉卉就好像是我十几岁时候会迷恋（或者愿意成为）的那种女孩，表面和内在都有东西。也不知道她都读了什么书，说话很有意思，长得甜甜的又酷酷的样子，眉毛漆黑眼神明亮，很耐看。和她聊天，我就会诧异她的时间都怎么分配，因为她关注的点太多，而她对世界的兴趣毫不掩饰地落落大方地喷涌着。这让你完全可以放过年龄差，当她是个成年人来聊严肃的话题。

　　这样的女孩子，是拥有无限可能性的。所以，即使将来她去到再远的地方，即使我们再也没有共同话题，可是每当你听到她的消息的时候，你就还是会觉得，她就那么站在最开始的地方，一点点地用她的语境和审美在告诉你，她与世界的秩序与节拍，由她主导。

　　第一次看嘉卉的文字，就想到那句维特根斯坦的话——"我的工作是写书，而世界必须以正当的方式接纳它。"我当时就不得不被她文字里一些貌似信手拈来的、简洁的、惊为天人的句子而默默地震惊。
而那时候她还是个初中（甚至小学）的孩子。而至于
她为何要自觉地、默默地写作，我几乎猜不到。她写
作的正当性以及由此引发的她观察世界的必要性，变
成了她热爱生活的一部分。所以对她的文字的阅读，
往往需要你随身携带欢喜与智性，你就会很欣喜地发
现她的文字里灵巧地回避了一些初写文字的通病——
那些肤浅的形容词写作和夸张的戏剧化的套路——然
而，我猜少女的她是情绪的、纤细而有力的，她分明
是需要用很倔强的姿态才能消掉成人世界喋喋不休的
爱心塑形。

　　而我最珍爱的就是她身上那种对这个世界的非常
复杂又充满了诚恳的理解力。我总认为文字要有爱，
有温度，有悲悯。这样的写作才是对世界的一份情
义，但当我知道嘉卉要出远门，真正地去拥抱这个未
知的（危险的）世界的时候，我赠予不了她盔甲，只

能潦草几个字，权当防身吧。

我也大概明白，为什么所有提前准备好的问题，最终都不会指向一个标准答案。那是因为真正的热爱文字的少年本身就是不向标准答案看齐的，所以也无法统一共性，"做自己"的迫切决心使得每个人独一无二，而这也正是文字激励少年的力量所在。

我相信嘉卉不会干那种在机场等船、在码头等飞机的事，聪慧如你，这世界一定不会让你失望，只要你没有选错方向。

愿嘉卉不忘初心，不负芳华。

目录
/Content

年华豆蔻

深爱满怀

欢愉见闻

悠悠师友

书香入梦

年华豆蔻

十七岁的馈赠

我们总会看到父母亲泪水纵横，脸上的皱纹里满怀着担忧和不舍，看到新人携手向他们做出温暖的保证；就像我们总会看到新娘的泪水，看到新郎擦去她的泪、安抚她后背的手。

在十七岁遇上许多个想要流下眼泪的时刻，我时常想，这些眼泪是专属的馈赠。我会思考再过十年或是二十年我是否还会对相同的场景滋生相同的感情。但是这些感情至少到此刻为止都是真切地属于我的东西，于是我愿意相信，也很确保我知道我会在怎样的时刻流下泪水。

但是也会有一些出乎意料的时刻。

那是在一位亲戚的婚礼上，当新娘和她的父亲挽着手走向在另一边的新郎时，那位新郎不停地用手抹着自己的眼睛。在这个完全未曾料想到的场景中，我也抑制不住地流泪了。

新郎意识到了自己的"失态",却显然控制不住。我坐在台下，就这样被猝不及防地击中，眼睛也不由自主地红了。泪水滑落。

必须承认，我并无深切地感受过对新娘出嫁的不舍与悲伤：我也曾经在婚礼上，看见过新娘与她的父亲挽着手走向新郎的场景，然后再在他们的婚礼后几年与那些夫妻相见，看见他们以夫妻的身份出现，看见他们日常的各种模样……或是偶尔红线会断开……于是婚礼曾经给我带来的单纯的神圣幻想被我埋藏起来——我不再如年幼时一般相信，走到这一段如有神明祝福的红毯彼端，便是把一个人的命运彻底地与另一个人的人生关联在一起——啊，还是少女的我早就对这一仪式失去了色彩斑斓的希望。

而流泪的新娘总是有的，流泪的父亲也总是有的。在婚礼上，我们习惯于观看人们呈现出这样的关系场景：我们总会看到父母亲泪水纵横，脸上的皱纹里满怀着担忧和不舍，看到新人携手向他们做出温暖的保证；就像我们总会看到新娘的泪水，看到新郎擦去她的泪、安抚她后背的手。

那么今天这位新郎的眼泪呢？还有我这一个被父母带到这个陌生的场所的十七岁女孩的眼泪呢？它们算是珍稀而需要被珍惜的吗？这位新郎的泪水是我长这么大所参加的数场婚礼中第一次见到的。

我知道婚礼是一个关于爱的场景，我也默认会在婚礼上看到许多的爱。我们会看到其中一个人外溢的脆弱情感，和另一方坚定的承诺与安抚；我们会看到互相支撑的人们，我们习惯祝福和祈愿，一次又一次地被幸福打中并且坚信爱情。

可那仅仅是如果，如果只是世界上一样脆弱的两个人处于这个殿堂里呢？如果我和你一样的脆弱，在你流下眼泪时，我更加脆弱，所有的铜墙铁壁都会在看到你流着泪向我走来的一瞬间瓦解——我不知道我能否让你幸福，我不知道我是否能好好地珍视你。我不知道我是否还是会让你哭泣很多次。当两个人一起欢笑一起流泪走过了浪漫的岁月，在这个安静的、你向我走来的时刻，我却像一个孩子一样哭了起来，就像你第一次向我走来一样。我终于意识到了，我要在这短暂的瞬间无数次地审视我们的关系，审视我们彼此，然后在心里敲定一个没有意义的答案。但哪怕如此，面对你，面对总能让我变得脆弱的你，我却无法毫不动摇地说出"我准备好了"这样的话语。

但是，我会一边颤抖，一边流泪，去握你的手。再捉住你的泪眼，大声说出"我不知道，但是我会努力的"。然后，我们要一起破涕为笑。

于是，我为这位并不相识的新郎想象出了以上这样的内心活动，然后作为一个毫不相干的局外人流下了眼泪。

这泪水是十七岁的我没有料到的事情，于是我想要趁着湿润将它记录下来。对未来人生或者某些重要时刻譬如婚礼幻想的些微幻灭，或许会趁着这份泪水的温暖突袭而被重新构建。

我已经无数次用轻柔而明亮的声调描述这个婚礼上的场景，一点一点地把我的幻想嵌入这一场景的每个缝隙，直到它已经不再是这个场景本身。

近几日和朋友的对话里又一次提到了婚礼，她感叹"婚礼真好啊"，但接着我们便不约而同地告诉彼此"不想结婚"。

但是，如果有一个人，出现在我的面前，会在我哭泣的时候比我哭得更加动容感人的话，那就这样互相给予吧，或许也是可以接受的。因为最后我们总会一起破涕为笑的。

　　前提是必须要有这样的一个人啊，在这世上与我见上一面——十七岁的我就是这样想的。

自拍物语

为了一张成功的照片产出，我们要一同重塑自己面部的表情并机械化地维持些许时间。在我想要将长发撑到面前遮挡脸颊的时候，他对我的动机心知肚明；当他把自己更为端正的左脸朝向镜头时，我对这一动作的原因一清二楚。这是我们二人在多次磨合中诞生的默契。

我对面坐着一个男孩。我们二人相对而坐，各自专注于手头的事情，我们之间的空气无声地流动着。我是再清楚不过的，在下一秒，他可能就会拿出他的自拍相机，笑着问我要不要一起拍照。

因为在一次偶然的对话中聊得投机，我们成为朋友。那之后的某一天，我们拍下了二人一起的第一张自拍。举起相机的时刻，我才意识到我脸庞的平庸在他的对比下暴露无遗，哪怕是粉饰过头的滤镜和使我的面庞扭曲变形的贴纸也难以掩盖这一令我沮丧的发现。

但是我还是选择了按下拍摄按键。做决

定只需几秒，但这两张笑颜叠加在一起，定格在了我的相册里，却是永恒的。这张照片淹没在了茫茫的自拍中，但它真实地存在过，标记着我们不断增加的自拍的起点，也且作为我们二人友谊的里程碑。

在我接触过的朋友中，袒露自己喜爱自拍的人本就鲜少，在男生中他是第一个。我曾笑着告诉他："第一次遇到像你这样这么喜欢自拍的人。"他举着手里的相机，认真地告诉我："因为我自拍好看啊，我会感到满足。"

这是极其易于理解的答案，却是我从未期待过的。一直以来说说笑笑的他，在说出这句话时的表情，如同他在镜头中呈现的那样，张扬却无法挑剔。正如人类呈现的其他本能一样，他自然地展现着对美丽事物本能的追求。这表态的话语压倒式地打破了我的外壳：那个洒脱声称"自拍只是为了和朋友合影留念"的我，无视这一行为中"自我满足"动因的我，因为莫名的羞耻逃避了对美的向往的我。这样的我，在他赤裸裸的剖白下彻底臣服。

在此之前，我从未细思为何我只会在社交媒体上发出和他人的合照。尽管在只有我一个人能看到的手机相册里，我一个人的自拍泛滥地存在着，上面的我，如与他人合照时一样笑着。但合照就是一块完好的遮羞布，遮住了我无可逃避的自私：我告诉自己，也试图告诉别人，我不是为了自己而自拍，而是为了与照片中那个人的情感。合照时的我，一边这样告诉着自己，一边眼神却首先聚焦在自己身上。

那之后，我们又有了许多张自拍。我们知道自己的自私，也迁就着对方的自私。在我每次接受了自拍的提议时，流畅进行着的对话需中止下来，前一秒还在愤懑地互相吐着苦水的我或者他，要共同为了一张美观的照片努力。为了一张成功的照片产出，我们要一同重塑自己面部的表情并机械化地维持些许时间。在我想要将长发捋到面前遮挡脸颊的时候，他对我的动机心知肚明；当他把自己更为端正的左脸朝向镜头时，我对这一动作出现的原因一清二楚。这是我们二人在多次磨合中诞生的默契。在那些我或者他举着相机的时间里，我们为了自己的漂亮在镜头前搔首弄姿，同时也明了另一方对美丽的追求，共同地努力着。

在我们自拍时，在畅快地面对自己的每一秒中，我们的友谊日渐牢固。

对我而言，自拍的快乐是在相机中看到比屏幕前的自己更加白皙和纤瘦；对于下巴上毫无赘肉且有着精致的双眼皮的他而言，细节上的美化更加深了他的满足。我翻开相册，任意一张我们的自拍上，都是我们一起努力过的痕迹，两张脸庞都尽可能地展现了自己的美好。凝视着相片中的我，我微笑了，喜悦堆积在心头。我真喜欢那相片里精致的自己，这份美丽的假象真实地令我感到满足。

而此刻，我也因我终有一日能道出我在自拍中真实的心情感到快乐无比。

青春飞车

当现实提醒我这一切的那天，我才发现，我并不如预料中那般淡定。我惊慌失措地站立着，心中激动、兴奋、害怕而忐忑着……那种感受，如同春日中破土而出的青青幼苗，那样生涩而新奇。

不知不觉之间，冬日的寒意已渐渐隐去，温润的春已悄然回归。草坪上，街道间，房檐下，数不尽的生命正蠢蠢欲动。

我背着书包，静静地立在校园的小道上，望着这一切，心头涌上两个字——青春。

这些字眼并不陌生，几天前，在男同学们坏坏的窃笑声中，我翻开了崭新的生物书，不过是简单翻阅几下，因此速度很快。身侧的男生正诡异地微笑着，打量着我与我手中的书，我越发疑惑，继续翻页。终于，当我浏览到一处时，我的眼神滞留不动了。那一页，四个大字赫然映入我眼帘——"人的生殖"。再向后翻几页，又看见了"青春期"，我有些意料不到，微微皱了皱眉。那位男生却"哈哈——"放声大笑起来。

我还在疑惑，自己是否该红一红脸以衬少女的娇羞。可却又陡然醒悟过来：此刻我确实全无羞涩之意，也就是略有些尴尬与莫名的激动罢了，仅此而已——在这个信息传递无比便捷的时代，关于这些东西，又怎会是不明白的呢？

回想自己很小的时候，总拽着爸爸妈妈的衣袖，大大方方地询问道："我是怎么出生的呢？"关于他们天马行空的答案，我便相信了。再长大一点，我并不完全听信他们了，反而自己推测起来，幼稚地认为自己曾是一粒米饭，进入妈妈肚子中，便长成了一个小女孩儿，于是就被生出来了。得出那令人啼笑皆非的结论，竟曾使我得意扬扬，四处显摆。大人们听见便笑说："这孩子真逗。"

十岁之前，我对这方面一直懵懵懂懂。尤其是上了小学之后，茫然的我一头扎进学习的海洋当中，更无暇顾及。

终于，上了五年级以后，我渐渐对这一切都了然了，却也并非无师自通。那时候，受几个男生的影响，班级渐渐"邪恶"起来。在部分同学有意或无意的说笑与"教育"下，耳濡目染，渐渐，我们"醒悟"了。

一个"秘密"就被这般发掘出来，我、我的朋友们，或许还有这个城市、这个国家甚至这个世界同龄或不同龄的孩子们，那时的我们，正红着脸颊，不知所措地得知了某些事情。

时光飞逝，渐渐，我们都已长成十二三岁的少年，心却释然多了。只是有时，也会与闺中密友们谈谈那些话题。

直到最近，这个内容又引起了喧闹。

那一节生物课终究是如期而至了。

不记得多久以前了，我一位二十六岁的"忘年之交"曾与我说起她当年上这节课的情景，她说，男孩子们都小声地议论着，偷着笑；而女生们则全低着头，脸上又红又烫，满心的害臊，恨不得钻入地洞当中；而老师也有些紧张。于是，我无数次幻想这一节课的来临。

现实却往往摧残了我美丽的幻想。

老师平静地走入教室，目光平和而淡然，一如既往地开始讲课。终于，他点开课件，当几幅图片呈现于我们面前时——几乎所有同学疯癫般地狂笑起来，我下意识地感到，这便是所谓"奸笑"——毫无羞涩、害臊，也没有几分原本我所憧憬的应有的"青春之萌动"。我的心些微沉了沉，马上，我也一同笑起来。

半头银发、略显沧桑的生物老师并没有阻止我们。但我可以想象，他眼底眉梢隐藏着的笑意——他已经看着、伴着太多这样的少年，跌跌撞撞、正走向成熟的彼岸；也或许，他也曾这般，懵懵地一路过来。

一整节课，我们期待已久的这一课，在一片"欢声笑语"中悄然迎来结尾。

下课时，一切都意犹未尽。常年面无表情的生物老师却十分温和地对同学们微笑了。

夜晚，我在床上辗转反侧。忆及老师讲的种种内容。抚摸心口，已经了然一切的自己是那么平和。我不作多言。然而，"青春期"这三字，却是意义非凡的。

你可曾想过，有一天，你的身体已悄然发生变化？有一天，你的样貌已摆脱童年的稚嫩？有一天，你已不再是个小女孩，不再是个无忧无虑的孩童。

独自一个人时，望着镜中一再变化的自己，心里，却骤然一紧一紧的，我们大家都不再是小孩子，青春期已然来临。

当现实提醒我这一切的那天，我才发现，我并不如预料中那般淡定。我惊慌失措地站立着，心中激动、兴奋、害怕而忐忑着……那种感受，如同春日中破土而出的青青幼苗，那样生涩而新奇。于是我猜想，这便是青春期了。

闭上双眼，昏昏入睡。在同一个时刻，多少青涩的少年们也同在梦中茫然地彷徨。

脑海中掠过一句话，是生物课上看的纪录片中的："青春期就像在乘坐云霄飞车，你永远料想不到下一刻会发生什么。"

这段旅程才刚刚开始。

美丽梦境

我能看见水底冒出七彩的泡，又在阳光下破碎了，但这与珍珠泉似乎又不一样，这里的水面上也有一缕缕的白云雾，就像刚才我行走的竹林。

在我的梦中，曾经有过一个美丽而神奇的仙境。

不知怎么的，我就走在一个满是云雾的竹林中了。竹林里有一排又一排的翠竹，好似一个又一个穿着绿丝衣的姑娘，天边一阵风拂过，云雾中的姑娘就随风而舞，展现在我的眼前的，是摇摆的绿衣姑娘和飘来飘去的白云雾，这一切像轻纱一样蒙住了我的双眼。

忽然，又有一阵"叮咚，叮咚"的泉水声传到了我的耳边，"叮咚，叮咚"，我朝着泉水声，去寻觅泉的方向……我走着，拨开一片密竹子，终于找到了洁白如玉的泉。

呀！我再定睛一看，这不正是美丽的珍珠泉吗？我能看见水底冒出七彩的泡，又在阳光下破碎了，但这与珍珠泉似乎又不一样，这里的水面上也有一缕缕的白云雾，就像刚才我行走的竹林。泉水的边上，镶嵌的是一大簇彩色的花儿，有蓝的、紫的、黄的，也有红的，五颜六色，映在清澈无比的泉上，真像彩灯一样绚烂，给了这美丽的风景一个个小小的装饰，让泉水更美了。

"叮咚，叮咚……"泉水声从我耳边远去。我来到了一个小山谷，那儿，有数不尽的鸟儿。金色的长尾巴汇成长河，光辉在我心中闪烁……

梦中的一切是那么的美，让人永远难忘。

布偶小熊

友谊，是一杯清香的茶，尽管无法饮之不尽，但那茶香，却永远留在心底，朴实、纯净，带着醉人的芬芳。

我的桌台上放着一只可爱的布偶。那是一只毛茸茸的小熊。尽管它的身上并无特别精美之处，但它却有着一张溢满笑容的脸，略有些婴儿肥——总能令我回想起我那位陪伴我六年的朋友。

几日前，我的生日来临了。班上的同学们热情万分地送上了许多礼物。礼轻情义重，尽管有些是临时准备的小物件，却依然出乎我所料，令我惊喜万分，热泪盈眶。尽管如此，我却总感到心中缺了点什么。下午，走在回家的路上，才忽然忆及，原来她还没有打电话给我呀！往年的生日，那时我们还是同学，亦未曾因升学而各奔东西，她总会打电话给我，大声叫道："生日快乐！嘿嘿，你瞧，我老是惦记你的生日呐。"在那时，我也总会感到一阵欣喜，再与她相约出去玩耍庆祝……尽管那时我们疯疯癫癫，像两个没长大的孩子，却是无比快乐的……一阵凉风吹过，已经进入秋天了，我心中一阵微凉，回想我们昔日一同度过的美好岁月，那银铃般的笑声萦绕于耳。如今，她怕是已经忘记了我的生日吧？眼前走来一对女孩儿，她俩生得伶俐可人，笑呵呵的，牵着小手儿，她俩的感情就好似我与她曾经的友谊。我嘴角浮起微笑，再一回首，背后远去的，是两个初中生的背影，她们勾着肩，搭着背，肆无忌惮地放声大笑着。一刹那，我又感到一阵落寞，她是不是正如此般，与她的新朋友相约同行，嘻哈同笑，而我或许早已成了她脑海中细小的烟尘，被岁月流年无情地埋没。我自顾自怜地想着，已是泪眼朦胧了。

忽然，手机的铃声急促地响起，我的心怦怦跳着，当看见那熟悉的号码，泪水在一刹那流过了脸颊。我带着哭腔说道："喂？"只听见她用明朗的嗓音欢快地叫了声："生日快乐！嘿嘿，我今年还是没忘哟！我正给你挑礼物呐……"紧接着，我们又聊了许多，她笑着说："你还是和以前一样爱哭呢！"我笑了起来，她也笑了——那时，我感到无与伦比的快乐——正如同几年前一样。

友谊，是一杯清香的茶，尽管无法饮之不尽，但那茶香，却永远留在心底，朴实、纯净，带着醉人的芬芳。

迁就

我皱起眉，这下就麻烦了。我撑着手肘，思量了很久。虽说我很想与她同去，可那场电影的时间却与我喜爱的话剧的演出时间冲突了。我不愿放弃我一心期待的那场话剧。

那件事情发生在我二年级时。

小小的孩子，学业却愈发地繁重了。整个校园被一种紧张而严肃的氛围所笼罩。哪怕是在周末，我仍有许多课要上。

在一个周五，我们布置的作业出奇地少。我跑到办公室给妈妈打电话，缠着她周六带我去看一场我期待已久的话剧。她拗不过我，只好应了我的要求。末了，又添上一句："你有没有哪个好朋友？叫上一起去吧。学习这么累，难得轻松一下。"我脑海中飞快地掠过她的名字，兴冲冲地交待了几句，就挂了电话。

回到座位，只见杂乱桌面上有一张纸

条，写着："周六晚上去看电影吧！我最近一直想看×××
×，拜托了！这是我仅有的时间啦！"后面还画着一个充满期
望的笑脸。我皱起眉，这下就麻烦了。我撑着手肘，思量了很
久。虽说我很想与她同去，可那场电影的时间却与我喜爱的话
剧的演出时间有冲突了。我不愿放弃我一心期待的那场话剧。

晚上回到家，我鼓起很大勇气，给她打了电话。拨通没有
两秒，她明快的嗓音便响起，盛满了笑意："考虑得怎么样
了？我就知道你一定会去的。怎么样？敌不过电影的诱惑吧？
哈哈哈……"我心中的尴尬与歉意更浓，沉默了一瞬，抱歉地
开口道："我……我可能不去了。"其实这仅仅是拒绝一个邀
约罢了，但我却感到十分沉重，好像干了什么亏心事一般。几
秒后，她略有失望地问："为什么呀？这周作业很少。"我叹
息了一声，鼓起勇气说道："我比较想去看话剧，我和我妈妈
去。要不然……"话还未说完，她已挂断了电话，我独自坐在
床上，愁着。

时间过得不快，可转眼间，周六的下午已经来临。我面对
窗台，忽然心里有了主意。

我拨了她的电话，她的声音先响起来，柔和的、有些内疚
的："对不起，我不该……"我却打断了她的话："今晚在哪
个电影院？几点？"

夜晚，我们坐在电影的银幕前，她笑得分外灿烂。我也微
微笑着。

片刻惆怅

那份莫名的心情，就让它蒸腾于秋日的阳光下吧。时间是不会停止流淌的，我一生中落寞的时刻也总会再有的。也并不是总有人能倾听排解的，所以我要镇定且淡然下来。

周五的天空，蔚蓝依旧，只是秋日的凉意更浓了。在清晨，揉着肿胀布满血丝的双眼，微微仰望着那些难以触及的高大树木，目光紧系着轻颤的枝叶。其实不过是凉爽宜人的轻风，却深深吹拂到我的心底去，闯入了最为烦恼而落寞的角落，引起一阵惆怅。每到此时，我便产生一种仿佛要倒下的无力感，鼻尖的酸涩蔓延开来。

可实际上，我还是向着目的地不断前行，步履也没有一丝的凌乱。沉浸于无端的忧伤里，我甚至能用余光感受两侧陆续与我擦肩而过的人的身影。我自然是无暇去注意他们的，也没有几个人会在意我——一个怀揣着心事的平凡的同学。哪怕我低着头，微抿着嘴；哪怕我紧锁着眉头。

我也不理会什么，在思虑间已坐定于教室中了。周围是早已熟悉的人与物，有欢笑的，静坐的，或许也有人同我一样正心生不快的。

可我却无法从中探出什么，只是拿出要交的各科作业准备着，窗外就是我曾走过无数次的道路，紧挨着我最向往的小卖部，隔着一层玻璃的俯视，我竟感到那么陌生且遥远。我托着腮呆呆地凝视着未知的一处，越发喧嚣的班级仿佛与我隔着一层无色的屏障。

直到一个拍击才让我回了神。一个扎着马尾辫的女孩站在我面前，我马上微笑起来，其实并非真实的愉快，只是对待朋友的一种习惯。她催促我交作业。我直接将作业本递出。

"怎么了？你有黑眼圈！"

"哎，昨晚几点睡的啊？"

异口同声。在我们眼神交会的时候，我突然感到舒坦了，真正地笑起来，却不打算坦白自己的不快，只是说为了作业，她也做了接近的答复，转身走了。

我想，我或许做了一场沉郁的梦，导致整个人变得忧伤甚至矫情起来。这两句简单的对白又将我拉回现实了。

那份莫名的心情，就让它蒸腾于秋日的阳光下吧。时间是不会停止流淌的，我一生中落寞的时刻也总会再有的。也并不是总有人能倾听排解的，所以我要镇定且淡然下来。船到桥头自然直，默念这句话的同时，上课铃也打响了。

终于，我停下了无用的思索，因为紧张的学习开始了，我只得追逐前方的步伐。

"加油吧！"我又一次对自己默念道。

友
爱

> 我再看向我的朋友，她也笑了，眼中噙满泪水，但散发出慈爱的光芒。望着她，我也笑了，心中默默地想：让生活多一点爱心，真的很需要像你这样坚定而充满爱的人啊。

一天夜晚，我与一位一同上课的同学结伴而行，走在回家的路上。那时已是晚上十点多了，路上已经没有几个行人，大家都回到了自己温暖的家中，沉入了梦乡吧。

我们紧紧攥着彼此的手，时而低声地交谈几句，然后赶忙加紧脚步向前走去。恨不得马上离开这条黑暗的路，回到家中。一秒钟，一分钟，时间缓缓地逝去，夜越来越深了，可我们离家却仍有好一段距离。

走着，走着，到了这条路的转角处，听见一些轻微的声响，我们对视一眼，我颤栗了一下，不安开始蔓延。我刚要开口，却对上她示意我不要说话的眼神，循着声响看向前方的树下——只见一个衣衫褴褛的女子在翻着垃圾桶，时不时拿出些东西放在地上。她的怀中抱着一个孩子，也同她一样瘦骨嶙峋。不知女子找到了什么东西，将这东西塞入孩子口中，孩子吃得津津有味……我心里泛酸，扭过头去，呆在原地。再看向我那位朋友，她的眼眶中早已溢满泪水，只见她淡定地向前走去，我一惊，慌张地扯住她，小声道："我知道他们很可怜，但是……但是，这很危险的呀！万一她对我们做什么不好的事情……"她怔了怔，却执意要上前，我只好跟着她，却又为自己的犹豫感到愧疚——我怎能如此自私？

走到那女子身旁，女子抬起头望了我们一眼，凄楚的眼神，瘦削的脸庞，无一不令人心痛。我的朋友从包里掏出仅有的十元钱，以及她带着的几包零食，递到她手中。我也将身上仅有的十几元钱和包子给了她。她一脸惊讶，张开嘴用喑哑的声音说："谢谢。"紧紧地握住了这真正的食物——而不是残渣。她温柔地把包子递到孩子手中，那个孩子大口大口地吃起来，口中传来"嘿嘿"含糊的笑声。妈妈也笑了，轻轻地，带着哭腔："谢谢你们，真的谢谢！"

我再看向我的朋友，她也笑了，眼中噙满泪水，但散发出慈爱的光芒。望着她，我也笑了，心中默默地想：让生活多一点爱心，真的很需要像你这样坚定而充满爱的人啊。

幸福

去寻找幸福吧！这并不是极其难的事情。我们的双手中，已经拥有了许许多多的幸福，然而，我们还是要用点点滴滴的时光去寻找，去感恩，那即将来自于未来的无穷的爱与幸福。

幸福是初春的小草，随着淡淡的芬芳，悄然萌发于白墙的一角；幸福是仲夏的荷叶，或许卑微渺小却依然被爱的雨露所滋润；幸福是秋季的硕果累累，千万滴艰辛的汗水化作了阵阵香甜；幸福是寒冬的雪花，在冰天雪地中绽放冰洁的美。四季皆是幸福吗？我有些迷茫。

在我心中，幸福是纯净的圣水，没有浮夸的外表，没有精美的容器，却静默地流动着，治愈着我们的心灵。在渐渐被繁忙的生活琐事所束缚的心灵中，它被些许杂念与不快深埋住了，渐渐地，曾经爽朗的笑容不复存在，取而代之的是满面的愁容与不尽的哀叹。有些人可以轻易寻回丢失的幸福，但有些人则不然，他们将这当做艰难的一个任务，对生活产生了极大的恐慌，殊不知如此，幸福便被越埋越深，最后，再也找不到它了。

我认为，要拥有幸福很简单，那就是在万物当中寻找身边的美好。

早晨醒来，应该为自己拥有一夜安稳的睡眠而满足。享用食物，应为自己不必忍受饥渴之苦而幸福。在闲暇之时，应该为自己可以好好休息而幸福。陪伴亲友，应该为可以享受天伦之乐而幸福。观赏美景，应为自己舒心惬意而幸福。工作学习疲倦时，应该为自己的付出与收获而幸福。入睡前，无论是怎样的一天，都该为还拥有的任何一切感到幸福……只能说，幸福太多，难以一一如是列举。

去寻找幸福吧！这并不是极其难的事情。我们的双手中，已经拥有了许许多多的幸福，然而，我们还是要用点点滴滴的时光去寻找，去感恩，那即将来自于未来的无穷的爱与幸福。

痛苦

痛苦的滋味千万种，人们尝到的轻重程度也各有不同。可总有人经历过黑夜无法入眠时的焦虑与煎熬，在那些瞬间，痛苦的潮水涌上心头。我们看到卑微的、无能的却又最真实的自己。

近来常常想到痛苦。

痛苦的成因很复杂，总有人将其加诸外界，可痛苦实则大多是自己带来的。为什么无病无痛的人也总感到痛苦？因为人们为自己的心灵拴上了太沉重的枷锁与负累。

对于青少年而言，最常见的痛苦便是自我期待无法得到实现，而当我们追溯理由时，却看见一切矛头指向了自己的无能与懒惰——这才是更使人痛苦的，因为哪怕我们在外界找寻到圆滑的理由、恰好的借口，可是每每一个人独处时，却难以为自己开脱。无法完成对自己的期许本就十分痛苦，可现实赤裸裸地告诉你是自己的无能，这真相更是穿透重重铠甲的利刃。

痛苦，有时又来源于对过往的追悔，可这份追悔的遗憾也多数是有着个人的原因。有人因在重要的考试前沉溺玩乐而在接收到成绩后闷闷不乐；有人因事务忙碌错过了重要亲人的最后一面而后悔莫及；有人因一时冲动伤害了自己的朋友、亲人，使破镜难圆。事后能听见的不过是一句"年少不懂事"的感叹作为收尾。这又怎能推咎于时间呢？年少的是自己，因后悔而痛苦的也是自己。

痛苦的滋味千万种，人们尝到的轻重程度也各有不同。可总有人经历过黑夜无法入眠时的焦虑与煎熬。在那些瞬间，痛苦的潮水涌上心头，我们看到卑微的、无能的却又最真实的自己。

勇气

> 我能昂起头站在台上，虽然我不是唱歌这块料，依旧有些五音不全，发言也有些结巴。可我想，生活给了我磨练、挫折，也给了我力量，那我怎能不给自己一些勇气呢？

如果可以，我多么希望时光回溯，回到六岁的那个夏天。然后，给那时的自己多一些勇气。

六岁的我，一到了傍晚，必行之事便是：打开电视，调到早已熟悉的数字，开始看深圳卫视的一个节目。若我沉醉其中了，便少有人能阻挠到我。只记得溢满期待的眼睛，还有时不时发出的笑声。看见屏幕上和我年龄相仿的孩子们表演着新奇的舞蹈、音乐，温柔幽默的主持人聊着各种内容，与孩子们玩着游戏，我的心中只剩下无限的羡慕，我也能站在那个舞台上吗？

睡前，我向妈妈表达了心愿。"怎么样

才能去呢？"我十分疑惑。谁知，几个月后，她告诉我，这个节目在附近有选秀活动。我却突然开始忐忑起来。一种向往已久的异地美食，端上来时，却有些怯于尝试了。可我还是在妈妈的陪伴下学唱了两首儿歌。

那天穿好衣裙，准备上台时，我才发现，自己在疯狂地抖动着，额角沁出点点冷汗。恍恍惚惚，仿佛是入了梦，上了台，坐在椅中，看着旁边的其他选手，更感到焦心的紧迫感——他们打扮得多么光鲜，他们的姿态多么地高昂挺拔。此时，那位主持人出场了，正是我向往已久的面容、声音、动作与谈吐。选拔开始了。

我用手挪开话筒，以极虚的声音哼着要表演的曲目。下面的人是那么多。我甚至想，我起初就不该产生报名这个念头。主持人挨个进行对话，终于，话筒传递到了我前面一个人。我麻木地听着，手指紧紧攥在一起。直到我听见他问："小朋友，你要不要为大家表演个节目啊？"那孩子却说："呃……不了。"我心里忽然松了下来，却又涌上另一种愁绪。懦弱的我，缺乏勇气的我，照搬了同一种回答。

离开时，我看见镜中自己的身影，无助极了。眼泪快要涌上来，可这又能怪谁呢？不是自己选择的吗？我远远看见主持人与另几个孩子站在一起。他笑着走过来，对我说："加油，下次可要更有勇气啊！"我低下头，颤抖着。

直至今日，我已不是那样恐惧这一切了。我能昂起头站在台上，虽然我不是唱歌这块料，依旧有些五音不全，发言也有些结巴。可我想，生活给了我磨练、挫折，也给了我力量，那我怎能不给自己一些勇气呢？

蝶变

> 期待已久，夜晚如期而至。我缩进了被窝里。我点亮了钢琴上的台灯，不然是万万不敢独自睡的。终于，妈妈关闭了客厅里的最后一盏灯，开始入睡。一切都暗下来，我闭上双眼，还略有些不安。

黑夜的降临，无声无息，悄然间，暮色已经将我们环抱。月的白皙更彰显出夜的阴柔。几颗闪烁的星如一只只眼，深沉、神秘、寂静，而又可怖。

秋风阵阵，带着几丝冰凉的寒意，吹在房间的每一个角落，落叶的飘零，在夜的魅影中令我遐想连篇……不禁打了一个寒战，心跳越发得快——真是一个令人恐惧的漫漫长夜。

记忆回到那天下午，妈妈一面严肃地走进我的房间，对我说道："你应该学会自己独自睡觉了。如今你已经上初中了，已经是要独立的年龄了。不如今晚你就自己试试吧。"我刚要反驳，想了想，不禁觉得她言之有理，便点了点头，说："那好吧。"看见她面庞上显露的欣慰之色，我又感到一阵紧张——我真的可以吗？

期待已久，夜晚如期而至。我缩进了被窝里。我点亮了钢琴上的台灯，不然是万万不敢独自睡的。终于，妈妈关闭了客厅里的最后一盏灯，开始入睡。一切都暗下来，我闭上双眼，还略有些不安。渐渐地，在虫鸣的声响中，我昏昏沉沉地睡去了⋯⋯

不知过去了多久，我忽然从梦中惊醒过来。睁开蒙眬的双眼，夜静悄悄的，没有一丝声息，房间中依然是那样昏暗，我爬起来，看向房外，一片漆黑。我吓得缩到床上，看了看钟，已是十二点多了。我更感觉惊恐了，有生以来听过的所有鬼故事纷纷在我心头涌起。一切都笼上一层诡异的气息。我赶忙平躺下来，盖好被子，闭上双眼。试图再次进入梦乡。不料我却如何也无法睡着，只得翻来覆去，心中惊慌无比地等待着白天的来临。时间是那样缓慢，每分每秒于我都是煎熬，窗外的树晃动着，此刻显得那样可怖。

半个小时过去了⋯⋯一个小时过去了⋯⋯终于，我沉重的眼睛闭上了，我终于在漫长的等待中睡着了。我醒来时，已是八点了。明媚的阳光洒在窗框上，阵阵鸟鸣在树荫中响起。一个平凡长夜过去了！可谁会明白，这短短的十个小时内，我得到了怎样的珍宝？

蜕变的勇气，成长的力量。不要畏惧黑暗，于我而言，这一晚是如金子般珍贵的一晚——是我走向独立，走向勇敢的蜕变之夜。

勇敢之匙

左右两边原本浸在余晖中的茂
密黄竹已不再鲜艳，黑暗镀上的阴
影使它们宛如高而瘦的白骨，森寒
地列布在废弃的排排瓦屋边。我心
中慌极了，又总感路途异常，耳边
传来表妹小小的哭泣声。

　　人生的每一天，我们都在探索着新的事
物，步步迈向生活的真谛。然而，探索迎面
而来的新事物，或许令我快乐，或许令我悲
伤，但那都是无法泯灭的记忆。

　　七岁那年夏日，那个年纪的我，是羞涩
而内向的，最多只是与相熟的同龄人或同父
母关系较好的大人慌乱地打个招呼罢了。妈
妈不时教育我，不能这样总躲在他们身后，
应大方点、阳光些……尽管爸爸总会笑着
说，大了就好了。可连我自己也难确信几
分，这样胆小而怯懦的自己该如何是好。

　　也是那个夏天，我们一家到老家避暑，
同往的还有表妹一家人。每与大人们同处一

室，我便紧张憋闷到了极致。着实不快时，我小声请求表妹去村中游玩，她也应允了。小我两岁的表妹，低我一截的瘦小身躯、纤细的小手、紧跟着我的顺从的步伐，那么令我欢喜。我也富于表现欲，非要领她去屋后面的草场看水牛。我们开开心心地去了，一路上我讲着蹩脚的笑话逗她，全然忘记了身后渐沉的那轮红日与行人渐渐稀疏的街道。

这仿佛是一场跋涉，到达时天色近暗了，却不见约定好的水牛。我尴尬起来，毕竟也是很小时的记忆了，记错了也是可能的。慌乱中终于知晓时间已晚，拉起她往回赶去。左右两边原本浸在余晖中的茂密黄竹已不再鲜艳，黑暗镀上的阴影使它们宛如高而瘦的白骨，森寒地列布在废弃的排排瓦屋边。我心中慌极了，又总感路途异常，耳边传来表妹小小的哭泣声。

终于到了有人的地方，却发现早已不是之前的路。夜黑得可怕，表妹的哭声未曾中断，我只得抱着表妹，告诉她就快到了，可她不住地颤抖……我就逼着自己向着那座陌生的房屋走过去了。我用当时未学会的方言磕巴地问了路，终于，顺着那条路我们回到了家。那天的夜色灌注给我的是迷路的紧张抑或回家的喜悦，我早已忘记了。但我仿佛在某个瞬间拿到了一把叫勇敢的钥匙。那时年仅7岁，年幼的我尚不理解爱与责任的含义，但表妹那双紧拽着我的小手传来信任的力量，怎能令我不勇敢？！

反抗

我来不及上前询问，便看见两个虎背熊腰的男生向她走去。那两人是班上极为凶恶的一对伙伴，无人敢触怒他们，而女生们尤为可怜，饱受压迫，一切反抗都无济于事。

眼皮沉甸甸地撑开，明亮的色彩一袭来，眼前，是一间熟悉的教室。

咦，这不是小学时的教室吗？我怎会来这里？满心的疑惑，来不及寻到答案，便看到一个熟悉的身影——那是我的好朋友小晶。

我来不及上前询问，便看见两个虎背熊腰的男生向她走去。那两人是班上极为凶恶的一对伙伴，无人敢触怒他们，而女生们尤为可怜，饱受压迫，一切反抗都无济于事。

"嘿！把圆规给我！"粗鲁的吼叫。

小芳头也不抬地柔声说："还有好多人排队向我借呢。待会再给你们。"

那二人是无理霸道惯了的，怎么肯答应？加上脾性暴烈，他一掌拍在小晶桌上，几支笔被震落在地。"你！借不借？"他威胁一般地叫道。小晶气急，再也忍不下去，"不借！"一声喊出来。她桌上的各种文具全被扫落地板，噼里啪啦落了一地。那个男孩亮起手臂，得意洋洋，又问了一遍。

那一掌若劈下去，可是极其疼痛的，凡是班里的女生，无一不知。小晶涨红双颊，瞪着他们，一言不发。我心里涌上强烈的反感之情，疾步走了过去。

小晶看见我，先是一惊。我蹲下捡地上的文具，一样一样地拾到桌上，耳边传来那些污秽不堪的骂声。捡完了，我站起来，心中有熊熊怒火在燃烧。六年以来，和他们如何讲理都没有用处，老师的管教他们也不放在眼中，我们容忍了好久，我们低头了好久！

我听见自己用自己所能发出的最大声音叫道："你，你们！马上从这里滚出去！这样欺负一个女孩子，你们还是不是男的？"我简直是在尖叫，小晶定定地看向我，她的眼里泪水盈盈。

那两人还未反应过来，怔住了。几秒后，他们双眼才开始燃烧熊熊怒火，可怕地盯着我，可他们再不敢动，或许是被我所震慑了。

我并不畏惧。

因为我终于勇敢了一回。

梦魇

> 困倦的人总会格外容易进入梦
> 乡，再有意识时，自己已经置身于
> 一叶小舟上，漂浮于一处很符合我
> 对桂林山水之幻想的地方。然而没
> 有天际、没有边界的漂行让我十分
> 孤独。

很久没有做梦了。有朋友半开玩笑地告
诉我，这是睡眠健康的表现。点点头过后，
忍不住还是想念那些惊奇而又不真实的夜
晚。哪怕日出醒来时有轻微的晕眩与疼痛，甚
至有那么几分心悸。可我情愿，在惊梦里沉浮
一宿，在这黑夜里化为灰烬也无妨。

那是一次神奇的记忆。人们难以记得梦
里的许多事情，因为遗忘总在无形中发生。
有时是在叙说的前一个瞬间。于是，我告诉
自己去执笔记录。困倦的人总会格外容易进
入梦乡，再有意识时，自己已经置身于一叶
小舟上，漂浮于一处很符合我对桂林山水之
幻想的地方。然而没有天际、没有边界的漂

行让我十分孤独。回头一望，真正使人震惊的是一座同小船同时航行的楼房。它或许是破败而失修的，抑或是温暖而又明亮的，谁又认得清呢？我走向它，就像每一个黑暗中的旅人自主地去靠近灯塔一样。走进大门，发现这处是一个病人的收容所，患有各种复杂怪病的人居住在这里。与屋子里的光亮格格不入的，是每个人的病痛。在我无法回忆的几个画面后，我被安排到与一个女病人挤一张窄小的木床。她的面容是熟悉的，可也是灰白而模糊的。

时间是碎片化的。我似乎已经住了一段时间，每天，我对着窗外灰白的山水，和我的"病友"聊聊天。我和她有着近似的爱好，我们分享着相同口味的食物，我不知道她叫做什么。可她是那么让我熟悉，我不需适应就喜欢上了她。有时候，她开着我记忆里似曾相识的玩笑，玩着孩子气的把戏。我并不厌烦，我笑着，是这个牢笼的绝望中最后的笑声。

我早已忘记了那是一个梦。刺耳的闹钟突兀地闯入我的感受中来。我下意识地按掉了，心慌地爬起身来。可是再回过神的我，又在那间房间里。"她"靠近着我，低语在我耳边，我们商量着，怎么离开这个地方。她的表情似乎是狰狞的，她质问着我刚才的离开。那是她不敢相信的背叛。我刚想解释，一张开口，变成了大口大口地喘气，我又回到了黑夜里，在我入睡的地方，安然无恙。

绝望之感依旧压在心头。这时，我看见房门拉开一丝光线。妈妈叫我去吃饭，那么我恭敬不如从命，将黑暗里的记忆留在黑暗里，把莫名其妙的"她"存在某一个角落。

故乡的小池塘

大人们坐在陈旧而古韵十足的木质长椅中，沉湎于氤氲茶香中。耐不住寂寞的我偷偷溜向院门外的一方小池塘。那里有清晨还未散去的浅浅雾霭，有不远处海滩上飘来的咸味，有属于乡下动物的腥味与臭味。

提到"水"，总会有种怪异的亲切感。想来有几个人会时常讨论水呢？水是我们日常生活必不可少的物质，正是因为如此，我们已经习惯了它无所不在的存在。细想我们的一切，哪一点不是与水有几分关联。

我的故乡在南海之滨古埕乡——汕头一个小渔村。我尚年幼之时，便经常被父母带回去，看望老家的爷爷奶奶。大人们坐在陈旧而古韵十足的木质长椅中，沉湎于氤氲茶香中。耐不住寂寞的我偷偷溜向院门外的一方小池塘。那里有清晨还未散去的浅浅雾霭，有不远处海滩上飘来的咸味，有属于乡下动物的腥味与臭味。可就是在这么一个环境里，我第一次真正认识了水，接触了水，那是青青的池水，远处连天的海水，还有，泪水。

家门口浅浅的小池塘里是透明至极的洁净的水，透过水可看到苔色折射出绿色的光点。一看到这么一方美好的小天地，我就迫不及待地想进去一试深浅，将此地占作只属于我的领地。看见我兴奋的模样，大人们也去隔壁店里为我买来泳衣。我轻松地下到水中，脚直立在颇浅的水底。我从没有试过在没有化学消毒与漂白剂的泳池中遨游，此刻才知道原来水是这种柔软的物质，轻轻地环抱着我，在我身体的每一个角落。先前那坚硬冷酷的印象都在那一刻被打碎。水是那么美丽，那么和善。自此，每天我都跑去水中玩耍，哪怕什么也不做也能从中自得其乐。有时家人们站在池边，笑笑着观望我。邻院的小孩子也过来一起，起初心中还有领地被别人入侵的不满，但很快，我们就欢乐地打成一片。在这个小小天地，我度过了大半个暑假，亦自学成材地领会了在水中扑腾，心中忍不住地膨胀起来。

又是一天泡在凉凉的池中，夏蝉阵阵鸣叫，抬眼看向形状不规的树林，顺势，将视野停留在了那一片蓝中。那是大海。我好奇着，为什么那儿的颜色这样不同呢，明明都是水啊。对于水，我的概念还很模糊。如同我初次去到池塘一样，我趁大人不注意，拾着泳衣大胆地走出了院门，脚下趿着松垮垮的拖鞋，心中满是义无反顾的豪情。到了海边，才发现从岸上到沙滩还有一堆乱石分隔着。硬着头皮我一踩而过，脚踝擦出了一片红肿。缓慢踱到岸边，将脚放入水中的那一刻，除了脚下的石有些陌生的粗粝和盐味，其余都是熟悉的。看着眼前的无根，我一步步地向前迈去，小小的身子逐渐完全被浸没了，这时我心中有些不安，可又不愿轻易从这探索之中离去。忽然，我感受到脚下传来的一阵刺痛，心中马上紧绷到了极点。脑海中忍不住构想出一幅鲜血喷涌的画面，动了动脚，又是一阵疼痛。这里并不是旅游点，午后的海滩上没有人影。我眼中的泪水几欲流出，害怕地一动不敢动。

冰冷的海水拍打着不知所措的我。我不知时间是怎样流逝的，直到我看见爸爸妈妈从我来时的乱石上急匆匆地奔过来，看见我在远处小小一个点一般，妈妈急得哭起来。我也"哇"一声，泪喷薄而出，心里却终于大石落地。

此事已过去多年了，这些时间里，我曾回过几次老家，但未曾有机会踏足那方池塘与那方海水。家人的担忧与后悔我自然是理解的。我怎会忘记妈妈那双通红的眼睛呢？可是，每每我以标准的姿态在泳馆中游泳时，心里还是难抑回想故乡的水，甚至是那几个有些吵闹的小孩子。那里是最初的水，最清澈的地方。

走在城市的灯火间，我在思考，那些地方，那些水，是否也不存在了呢？

最后一条鱼

这么久以来，它已经几乎找不到东西吃，它原本矫健的身体剩下一张鱼皮包裹着的鱼骨，它背上和腹下的鱼鳍烂掉了几块。它原本应当十分洁白的气囊也变得墨黑并开始溃烂，因为它每天喝的都是墨汁般的湖水，几乎可以用来蘸笔写字了。

　　湖水已变得愈发污浊，面目全非，湖心里剩下的最后一条鱼正在挣扎。

　　湖里的水渐渐干涸，那只绝望无助的鱼儿，在这些日子里，看着身边各种各样的鱼相继死去，它知道自己也要去见死神了。它正勉强地在余下的湖水中苟延残喘着。它想到：曾经明澈干净、如翡翠般的湖泊，倒映着蓝天白云，相伴着花香鸟语，人们喜欢在上面荡舟抒怀，鱼儿在水里快乐地生活。不知从哪一天开始湖渐渐地污浊、干涸了。白天的游人越来越多，丢下各种垃圾。夜晚，如浓墨般的脏水疯狂地从四周排入。不知从哪里开来了巨型的推土机，一寸寸地吞噬湖泊的面积。湖泊越来越小，水越来越浅。蓝天白云再也不来了，翠绿的小草几乎见不到身影了，鸟儿们也相约不再光临这可怜的湖泊。或许，它们怕看了伤心吧。最后这条鱼打转着身子，放目四顾，它瞧着自己身体前后成堆的垃圾，心痛欲绝：人类为什么要丢这么多垃圾，毁坏了湖水曾经明澈的容貌……"唉！"它叹息着。

湖水一天天就要见底了，这只可怜的小鱼儿惊呆了。"不！"它哀伤地叫道，我这就是要死了吗？它感觉自己的生命气息愈发微弱，它艰辛地呼吸着。这么久以来，它已经几乎找不到东西吃，它原本矫健的身体剩下一副鱼皮包裹着的鱼骨，它背上和腹下的鱼鳍烂掉了几块。它原本应当十分洁白的气囊也变得墨黑并开始溃烂，因为它每天喝的都是墨汁般的湖水，几乎可以用来蘸笔写字了。它依然没有放弃，它趴在湖岸边，开始打量这个灰色的世界：灰烟布满天际，太阳的光芒中夹着几分污浊，退去湖水的湖底土地开始裂变，它用余力滑动身体，想看看四周有没有别的面积大一点的湖水，却只看见裂纹布满了土地。抬头看着天空，是白晃晃的日光。它沮丧地瘫倒在岸沿，每一口呼吸都使自己难受至极……"唉！"它叹息着。

它身体灼痛，不远处的蚂蚁开始不怀好意地盯着它。它隐约感受到自己的灵魂脆弱不已，即将离去。它用自己坚强的信念使出一只鱼最大的力气，一跃跃到旁边一张破旧的小木椅上——那是昔日多少游人坐过、不知承载着多少欢声笑语的小木椅，被工人搬过来放东西，上面有一个杯子。跃到椅子上的鱼儿用身体去撞那杯子，它想在临终前喝一口杯里仅存的水，想一饮而尽获取些许力量，却发现杯子里装的不是水，而是一种香味浓烈且很炽热的液体。绝望的鱼儿失去了力气，掉到了破木椅脚下的地上，发出最后一声叹息："唉！"仰头而去了。没有人看见这只垂死的鱼儿，它不再挣扎，因为它已经无家可归了……

它的灵魂升到了半空中，依依不舍地看着这周遭，它一次次地问自己，这是我们鱼类祖祖辈辈生活的地方吗？这是我的错误吗？我该怨恨谁？这是大地的错误吗？这是人类的错误？大地无声，因为它的肌肉一寸寸裂开了，估计也是很痛吧。土地上人们忙碌地劳作着。人类祖祖辈辈捕吃我们，我们鱼类不敢怨恨他们，因为这是造物主的安排。但现在人类不顾一切地开发，他们有想到鱼儿的末日吗？面临末日的又何止我们鱼儿。鸟儿也少见了。陆地上的动物除了蚂蚁和蚯蚓，所剩也不多了。

就在鱼儿的灵魂也要离去的最后瞬间，它看到一个人走到木椅前，一把将倒在椅面的杯子抓起来，香香地猛喝了一口，继续去操控推土机，在他们辛勤的工作下，湖心马上就要填上了。

离开破木椅时，他浑然不觉地一脚踩到鱼儿孱弱的身体上，差点把鱼身下几只蚂蚁也踩死了——那可是地球上最后的几只蚂蚁。

我土故我在

从父子兄弟到君臣夫妻,奠定了古代儒家思想的基本人伦观。这既说明了儒家思想在中国传统文化中的影响力,也说明了中国社会与文化的乡土性,使得儒学能够广为流传与应用。

"土"这个字,是中国人日常对话中常常出现的,通常具有贬义,如"老土""土不拉叽"等。其他国家语言中也有表示"过时,不跟随潮流"这类词,但他们并不涉及"土"这一元素。费孝通先生在《乡土中国》中写道,"从基层上看去,中国社会是乡土性的"。实话说,一度我对"土"的理解是相对片面的,但显然费孝通先生没有从纯负面或者正面的角度去解释它。我想,"土"的存在是不是从某种意义上奠定了中国文化的基调呢?

没有乡土就没有文化。说到"文化",许多人第一时间想到的是文献、古籍、著作。但我看来，在中国文化里，书面的经典更像是文化中一个个体的思想缩影。这个思想的拥有者是一个拥有某种特定文化的社会中的人。文化的存在，从微观上来看，是社会中每一个个体记忆的集合体——这里所说的记忆，不单单是指对日常发生的琐事有印象，而还应当包含了对社会的固有认知。在传统乡土社会中，文字有时并不是必需品，因为有一种不需要通过文字来维持共同认知与理解的信息传达方式。比如，当人们说起熟人"王大哥"时，心中默认的王大哥所指对象是不需要专门说明的。乡土社会使得这种"语言"通行且有效，当一个社群人口因不流动形成了"亲密关系"的时候，这些似乎就是必然的结果。这时，最准确反映情感、表达内心的工具已经不再是文字，也不是语言本身，而是一种存在于无形之中的默认的乡土法则。在这种情况下，不少作品所使用的语言、表达的方式，甚至一些默认读者会理解的信息，都是特定社会文化的产物，是许多记忆的印记带来的一个人的记忆，是许多人的共识造就一个人的认识。就像我敲下的这段话，称作"土"也好，叫作其他的也罢，一定有我生长的那个社会中，或是那些地方曾经有的人、曾经见过的人的重重记忆碎片的集体影响。

没有乡土就没有传承。除却文化，中国社会的起始与发展也是建立在这个"土"的基层上的。儒家的伦理观实际上是乡土社会中最有代表性的一种传统。费孝通先生以《论语》为例将乡土社会礼治和法治进行对比论证。《论语》一书，是圣贤之书。在古时候，是君子与求学者捧读的，属于阳春白雪，与脏兮兮或是干巴巴的黄土地很难合在一起看待。也是这一点，让许多人忽视了儒家思想的诞生环境基础便是一个乡土性的社会，尤其是在古代，当人们的生活更加紧紧贴在土地与村庄上时。《论语》最初面对的是"以'己'为中心，像石子一般投入水中，和别人所联系成的社会关系"。这是形容一个村庄里人与人之间的关系，可能又延展为京城某一户氏族里的人物关系，是宫廷内政治场上的关系。从父子兄弟到君臣夫妻，奠定了古代儒家思想的基本人伦观。这既说明了儒家思想在中国传统文化中的影响力，也说明了中国社会与文化的乡土性，使得儒学能够广为流传与应用。现代社会不谈君君臣臣父父子子，但显然一家之内就有自己的人伦关系，当伦理不符合传统时，许多人内心难免感到不安。

网络上一句评语写道："中国恨不得快点摆脱的土气恰恰是最中国的地方啊。"我们贬低"土气"，看不起"土头土脑的乡下人"，但却忘记理性分析"土气"从何而来，而我们的思想、记忆、文化又从何而来呢？

在一切都日新月异的当代社会，人类生活高速发展变化，我们生活中的乡土味正逐渐变淡。比如"过马路遇到红灯的等待行为"对老一辈来说是带有乡土味的礼节，而对于新一代人来说则是传统，是出于一种发自内心的敬畏态度，是传统和礼节进行融合的行为规范，与乡村记忆已分道扬镳。在现代陌生人社会，对"王大哥"的本来记忆恐怕难得一见了。如果我们社会中潜藏的"土味"所剩无几，我们会变成什么样子呢？

假如给我一所房子

我要在房子里放入优雅的钢琴，陶冶情操，让这所房子充满艺术的气息。我要在房子里放入绿色的植物，让这所房子充满生机……

在每一个人的心里，都有着对一所房子的憧憬与向往，而我也不例外。我多希望能够拥有一所属于我自己的，宽敞而又环境优美的房子。而当我真正获得这所房子时，我会放入什么？

若给我一所房子，我会想要放入许许多多的东西，打造一个舒适的环境。而在这之前，我要先放入两样对我而言十分重要的东西。

第一个我要放入的，是知识与智慧的源泉——书籍。我自幼喜爱阅读，因此收集了许多的书。倘若我把我心爱的书籍都放置在这所房子里，那么，这所房子将会充满知识与智慧的气息。因此，我要建造一间宽敞而又宁静的书房，闲暇之时，可以坐在里面读书、学习。

接着，我还要放入爱与温暖。或许有人会问，爱是抽象的，我如何把爱放进来呢？其实这很简单。我要与我的家人们一同住在这所房子里，与他们一同享受天伦之乐。爷爷奶奶、外公外婆喜欢看电视，因此我要在客厅里装上一个大电视，让他们消磨时光；爸爸妈妈喜欢看书，所以我的书房也派上了用场；他们还喜欢品茶，因此我要在房子里放置古朴精美的茶具……我要在房子里放入钢琴，陶冶情操，让这所房子充满艺术的气息。我要在房子里放入绿色的植物，让这所房子充满生机……

然而，有了智慧与温暖后，我还要把这一切分享给我的好友们，让他们在这里获得快乐，获得温暖。

这就是我梦想中的房子，它拥有知识与爱，拥有艺术的氛围，拥有生机勃勃的气息，还拥有我们欢乐的笑声。

心中的城墙

一个人心中的城墙，太容易建起来了。仅需几句自我暗示，有些东西仿佛便已在心中无法再变形。然而，这座城墙有时也会无比脆弱。它不堪一击地在那些关怀的眼神里倒塌。

　　谁都渴望有能够理解自己的朋友，我亦然。当自己受到挫折与伤害时，总想找一个好友或亲人讲述一番，来纾解内心的愁绪又或是憋闷。然而，一次又一次的尝试后，不难得到他人的几下拍肩，几声鼓励，又或是一句"我明白你"。这正是我想要的吗？按常理来说，是的。可是我心里并没有得到满足，反而有些不快了。

　　试问，有谁能凭借几句简单的话语便体会到对方真实感受？显然，这些情绪的安慰太轻微了，太微不足道了，无法对另一颗心产生真正的影响。那么，在这样的情况下，说出的安慰是否是虚伪的呢？我愤怒地看向对我投来同情目光的朋友们，揣测着她们心里的真实想法，越发觉得自己凄惨可怜，也发觉这世上没有一个人是真正明白我，体会我感受的。

心中满是自以为是的凄凉，可是我的看法又很快改变了。

一节课后的我，回到我的储物柜前，发现柜子的锁已经被拧坏了。锁不上柜子这可怎么办啊。环顾一周，大家都动作麻利地收拾着自己接下来需要的物件。无奈地叹气一口，还是没有忍住出口求助的欲望。话一出口就后悔了，为什么要自讨没趣地去使自己难堪呢？明明此刻大家都专注于自己的事啊。

出乎我意料的事情片刻内发生，右边的女孩马上停下了动作，查看起我的锁。左边的两位好友也闻声前来，询问着是否要陪我去问一问行政老师。连路过的，算不上亲密的男同学也停下脚步，关切地看向这边。

一个人心中的城墙，太容易建起来了。仅需几句自我暗示，有些东西仿佛便已在心中无法再变形。然而，这座城墙有时也会无比脆弱。它不堪一击地在那些关怀的眼神里倒塌。我清楚地知道，当然，这些有意伸出援手的人也不能真正"体会"我急切的心情。这又何妨呢？刹那间，我释怀了。

体会有多难？我无力奢求。青春年华，感恩我前进路上的每一点善意，便足够了。

深爱满怀

成熟

不知是从何时开始，或许是课本中的深奥道理，或许是亲人们的苦口婆心，或许是成为初中生后的自我要求，我终究变得更加成熟了，并不是早慧的缘故，而是一个十二岁少年应有的蜕变。

年长的人将岁月比作一把刀，削去年少的意气与轻狂；年轻的我看来，岁月是一双无形的手，悄然将你塑造，再经过时光的洪流，于是，我们变成了如今的模样。

一天夜里，我梦见小学时同妈妈吵架的情景，那件事的缘由我还清晰地记得。我一直中意一只价格不菲的娃娃，而妈妈却不肯买下如此昂贵的东西，以我当时火爆的脾气，自是不愿意妥协的，于是我们之间便有了一场恶战。我浑身是汗地从梦中惊醒，拉开灯，不顾自己还是半梦半醒的状态，匆忙地翻出那只布偶。

很快，它如同崭新的一样，平躺在我掌

间，可当年引来我欣喜的粉红衣裙早已无法在我心中激起一丝波澜。唯有它身上岁月的味道让我长久地凝视。它的模样丝毫未变，而我，早已成长了许多。记忆里那个大哭大闹着央求妈妈买玩偶的任性女孩，也被尘封起来。

自从我上了初一以来，不论是我周围的人和事，抑或是我的心，都明确地告诉我："你成大了，你是一个初中生，可不能像以前一样了。"

我一点也不惶恐，反而是自然地接受着岁月变迁的事实——因为那样的变化在我脑海中早已植根，也迟早会茁壮地成长。

初一以来，我变得更为理性，更为成熟了。我再也不会任性地冲着疲惫不堪的妈妈无端哭闹，也不会一味追求昂贵的物质与虚荣。

不知是从何时开始，或许是课本中的深奥道理，或许是亲人们的苦口婆心，或许是成为初中生后的自我要求，我终究变得更加成熟了，并不是早慧的缘故，而是一个十二岁少年应有的蜕变。当有一天，我面对母亲的训斥不再大声反驳，而是低头沉默时；当有一天，我不需她的催促，就自己办成许多事情时；当有一天，她疲惫地卧在床上，我送上一杯红糖水时……

她已不再青春了。岁月这把刀磨去了她的美丽、她的健康、她的神采；岁月也温柔地变成一只手，让我成长为懂得体谅她的女儿。

我看见她静静地注视着我，眼里满是温柔与希冀，嘴角挂着欣慰的笑，她说："上了初一，你变得成熟了呀！"

心事

> 岁月刻在她脸上的痕迹拧做一条细细的麻绳，紧缠着我的心，生出丝丝疼痛来。我赶紧递上温水，可她却无力喝下，只是紧闭着眼，双眉紧皱着，不知是否睡了。

四五岁的时候，我问妈妈："为什么大人总是皱着眉头呢？"那张青春犹存的脸庞笑着回答我："是因为有心事吧。"我没有兴趣聊这个话题，便笑闹着跑开了。只是留下一缕疑惑，为什么他们要有那么多心事呢？生活是多么开心啊！

将近九年后的我，站在妈妈床畔，无奈而担忧地望着咳嗽不止的她，虚弱苍白的脸庞，因过度地用力而涨得通红。岁月刻在她脸上的痕迹拧做一条细细的麻绳，紧缠着我的心，生出丝丝疼痛来。我赶紧递上温水，可她却无力喝下，只是紧闭着眼，双眉紧皱着，不知是否睡了。

我蹑手蹑脚地离开。阳光透过窗户照进来，暖意铺成柔软的小路通向我所驻足之处，释化着我心底的愁绪。可这样的阳光，却不能通到那扇门里、那张床上，也照不进那个人心里。病中的人，心情定是惨淡的。

随着我一点点地成长，我终于在经历中理解了何谓心事。近几年，妈妈的身体总有些小病。不知不觉中，那个朝气蓬勃的女子似乎不在了，她总是有些发愁的样子，为我，为爸爸，为家庭，为工作。她的心事，随着时间一点点地加重着，终成了身体难以承受的一副重担，压垮了她。爸爸担忧的神情我看在眼中，我又何尝不担心呢？为了她，为了照顾她而疲惫不已的爸爸。想到诸如此类的事情，忍不住一声叹息，这就是我难以释怀的心事吧。

下午，我拖着她下楼散步，趁着晴空万里，风正使人微醺。我们坐在长椅上，阳光透过树影勾勒出两人依偎的轮廓。新鲜的空气短暂停止了她的咳嗽。就那样安静地坐着，围巾裹住了她的卷发。是从何时起，我竟与她两肩相并了。

她笑着感叹了一句："果然年纪大了啊！"又突然开始咳起来，她低着头，捂着嘴。我无奈地拍着她的背。

我多么想告诉她，快卸下肩头的重担吧！别再担忧得那么痛苦。就让阳光与我的陪伴在此刻融化那些沉重的心事。我也知道，那正是一位母亲，一个妻子最温柔的心事。

温情

这条街上行人本就不多，隔着雨帘，能瞧见几个同样疾步而行的身影，这个时间，想必都是往家里赶去的吧。含着湿意的风阵阵袭来，我又打了个寒噤，心中渐渐不耐烦起来，在这蒙蒙细雨中，道路仿佛没有尽头。

傍晚，我下了校巴，疾步走在春雨中，冷风拂面，花香四溢。

或许是因为衣着过于单薄，我心中十分焦急地向家走去，无心观赏路边旖旎风光。

到家的路程并不短，我撑着伞，麻木地在安静的街道上走着，目视前方，绿意在路两侧蔓延，多少平日见惯的景物都隐在前方一片渺茫之中。这条街上行人本就不多，隔着雨帘，能瞧见几个同样疾步而行的身影，这个时间，想必都是往家里赶去的吧。含着湿意的风阵阵袭来，我又打了个寒噤，心中渐渐不耐烦起来，在这蒙蒙细雨中，道路仿佛没有尽头。

　　我陷入沉思，麻木地走着，唯有淅沥雨声仍徘徊在耳畔。想得正专注，忽然一阵略带慌忙的脚步声由远及近地传来。我下意识地抬头，一张熟悉的脸庞映入眼帘，是刚才一同上课的同学。他的发丝凌乱，几滴雨温顺地附在发梢，衬衫也被雨水濡湿，有些狼狈。发现是我，他笑着对我挥了挥手，我也挥手示意。若非不想破坏这雨寂寥的美感，按照我往日作风，一定会冲上去热情地笑闹调侃一番吧？

　　我蹙眉，不知该不该把伞借给他，可却怕他感到尴尬。这样的春雨并不算倾盆大雨，可却容易使人生病。一咬牙，刚打算开口时，便听见前面传来模糊的喊声，一个撑着伞的中年妇女正急切地奔跑过来，身后的少年也如一阵风般朝她奔去，地上溅起层层水花，瞬间便离我远去了。我远远望见，两个相互依偎的身影在一把小伞下愈行愈远，我仿佛还能听闻那母亲微恼地责问儿子，为何不带好伞；仿佛还能看见二人互相将伞让来让去，惟恐对方淋湿丝毫。我心头涌起丝丝暖意。待他们渐行渐远，才回过神来。

　　现在，只剩下我一个人仍在雨中走着，有些惆怅。不知心中是否感到羡慕，羡慕他的妈妈。可我有什么可抱怨的呢？但心头总还留着一抹说不明白的感受，或许，在这样的冷雨天，人们都会渴望一个温暖的怀抱吧。

　　突然，我听见一个温柔的声音在急切呼唤我的名字——似是幻觉，扭头，只见街道旁熟悉的车里，妈妈正叫着我。我下意识地狂奔了过去。

　　她来不及穿外套，只穿着一件衬衫，头发也没有梳理过。想必是急忙着出门。

　　那一刹，我会心一笑，人生何处没有温情。

我终于读懂了她

渐渐，雨点细细地洒落下来，慢慢地下得越来越大。一切都是一气呵成的，我还来不及躲避，衣衫便已湿透了。身侧来来去去的行人不少，大家撑开了自己的伞，霎时间，视线里便满是伞了。

早晨醒来后，窗外是一片阴沉，乌黑而阴森的树木在狂风中摇晃，简直像迎面而来的巨兽。听着阵阵雷鸣，我不禁阵阵寒噤，爬起了床，伴随着心中的乌云。

妈妈在厨房中忙进忙出，看见我铁青的脸色，分明可见的黑眼圈，欲言又止。她只向我道句"早上好"便继续投入了劳动。一切皆在无言中进行，时间对我而言是那么漫长。

回忆起昨夜，我们的争吵。事情虽小，我却招来了惨烈的一场责备。原因便是我又一次搞丢了我的雨伞。昨天晚上，我淋着雨跑回家，冻得遍体颤动时，多么渴望得到一点温暖啊。可妈妈一见我如此模样，便神色大变，边开始责怪我屡教不改的粗心，边催我更换衣服。我的心情本就十分烦躁，这样一来，也不禁反驳了几句。我的粗心是常有的事情，自己何尝不懊悔呢？可她的话，使我又难以接受了，最后便演变为一场战斗。

从回忆中回到现实，我已经走出门了。只记得妈妈冷淡地说了句"再见"，仅此而已。我甚至不予理会。本应美好的周末，如今因一场暴风雨而摧残了一切，昔日的快乐也全都消失。我走在通向补习班的小路上，仍感到心中塞着一团忧思，难以排解。

当我还沉浸在自己的思索中时，突如其来的一声惊雷又将我一震。渐渐，雨点细细地洒落下来，慢慢地下得越来越大。一切都是一气呵成的，我还来不及躲避，衣衫便已湿透了。身侧来来去去的行人不少，大家撑开了自己的伞，霎时间，视线里便满是伞了。我苦笑，想到我弄丢了多少伞，也应有报应。这雨，比昨晚的甚至更大。湿透的冰冷衣衫紧贴在胸口，这寒意深入心扉。

雨点的声音传来，没有规律的。而此时我仿佛听见某种急促的脚步声，似在奔跑。躲在树下的我无心理会它，可半晌后，我又听见有人在呼唤我，声音是妈妈的。我回头看去，果真。

她急匆匆地奔来，撑着把伞，或许是跑得急的原因，她的脸上也淌着雨，我差点以为那是她的泪珠。她给我披上衣服，拉着我向前行。雨势还是那么大，这把小伞也不够用。妈妈并未如我所想的那样继续责备我。只听见一声轻叹："你这孩子，感冒了怎么办？"

万物皆静下来，我的心轻轻地揪住了。我想，我终于读懂了她。雨水滴落在我们肩头，二人皆是默然。

那些刺入我心底的疾言厉色的责备，正是她关心而悲酸的心声啊。我终于读懂了她，读懂了她的爱。

妈妈（三则）

妈妈平时对我要求十分严格，我并不愿意过多地违拗每日辛苦为家操劳的她，十分顺从。然而当我有时感到苦恼时，她也愿意倾听我的烦恼，放下母亲的身段，与我做朋友，她温柔的话语与笑容总能扫去我心灵中点点滴滴的不快。

之一

有一个人，如春风般吹拂着我；有一个人，如阳光般温暖着我；有一个人，如导航般引领着我，使我前进。那个熟悉的面庞，便是我的妈妈。

母亲是个平凡的中年女子，她浑身散发着一种气质，亲切而优雅。她并没有如花似玉的脸庞，然而却有着一双深邃而乌黑的瞳孔，放射出充满活力而又睿智的光芒，伴随着微微弯起的红唇，荡漾着含有几许成熟韵味的优雅笑容。她还有种说不出的亲切，举手投足间总能让别人感受到她的友好。每天早晨，她对我微笑，为我新的一天注入活力与期望；夜晚她依然微笑着关心着我，让温暖在我心底油然而生。

妈妈平时对我要求十分严格，我并不愿意过多地违拗每日辛苦为家操劳的她，十分顺从。然而当我有时感到苦恼时，她也愿意倾听我的烦恼，放下母亲的身段，与我做朋友，她温柔的话语与笑容总能扫去我心灵中点点滴滴的不快。

妈妈是温柔而优雅的，她也是一个十分有原则的人。有件事令我记忆犹新，受教许多。

还记得三年级的时候，我渐渐有了很强的人际交往意识，开始不断地交更多的朋友。那时，我与一个活泼天真的女孩交上了朋友，一有闲就黏在一起。一天，她邀我一同去公园，我心中并不在意，"嗯"了一声应了她的提议。结果，当约定的那一天如期而至时，我早已把那个约定左耳进、右耳出，忘到了九霄云外。可谁知道，那个女孩与她母亲在公园门口等了我一个上午，迟迟不肯听母亲的建议回家去。第二天，我去找她玩耍时才想起此事，她责怪我不守信用，我感到十分不耐烦，她的语气更严肃了，幼稚无知的我却和她大吵了一架。

晚上回家，我伤心地扑到母亲怀里，泪水止不住地流。我不停地大声叫着，喊着，埋怨我的朋友小题大做，可母亲却用严肃的眼神定定地望着我，我感到奇怪，止住哭泣，抽抽噎噎地问："怎么了？"妈妈望着我，眉头微蹙，用认真的语气说道："没有守信用去赴约，是不对的。受到责怪，也是应该的。既然她言之有理，你就该虚心听从，向她道歉。你这样是没有礼貌的行为啊。"我愤愤不平，要开口反驳时，妈妈却又说道："不要急于辩解，平静下来，好好想想，自己真的没有错吗？"说完转身离去。

起初我抽泣不止，夜已越来越深了，窗外一阵冷冽的风吹过，我渐渐陷入了沉思。

之二

那张温柔的脸庞，那慈爱的笑容，那恬静的眼眸，那深沉的爱……这便是我的母亲。

岁月无情，带走了她曾经美丽的容颜，留下几丝鬓角的白发。然而她的脸庞，依然是那样温柔，让我安心，让我平静。她依旧是个爱欢笑、爱打扮的女子，岁月流逝，在我心中的妈妈，一直是那样优雅、大方而温柔。

记忆回到儿时，初入幼儿园的那日，天空晴朗，春风拂面。我惶恐不安地扯着她的衣袖，向这个新的天地走去。她拍拍我的头，微笑着告诉我："别怕，别怕。"望着她温柔的面庞，我不再躁动，却依然扯着她的衣袖，仿佛害怕失去什么珍宝。走进教室，她又望着我，温柔的脸庞上流露出关切与爱，她说："别怕，不论发生什么，妈妈都会陪着你。"我又平静下来，一阵安全感从心底升起来。那时的妈妈，一直温柔地鼓励着我，明亮的眼中满是爱与希冀。每每想起儿时的这个片段，我总会充满感叹，对岁月的感叹，对母亲的感谢。

随着岁月的波涛，我已不再是那个乖巧而顺从的稚嫩女孩，妈妈亦不再是从前那个年轻、充满力量的女子了。然而，妈妈依然是那么温柔，那么和蔼，用她的慈爱温暖着我。

　　几个月前，我即将步入初中的大门。自然没有了儿时的那种恐慌，却也有些紧张、拘束。在去学校的路上，我不停地对妈妈诉说着我的不安。她并没有着急，温柔地告诉我："加油，不用担心，同学们一定都很好相处的。"我心略有些安宁了，可依然无法平静。她笑了笑，真诚地告诉我，不必担心，不必拘束。还告诉我如何与新朋友交往。那时，我们便像一对多年的好友一般，敞开心扉。

　　终于，到学校了，我独自一人走上前去。她眼中含着几丝笑意，大力地向我挥着手。阳光从天空中洒下，洒在她温柔的脸上，风又一次轻轻地吹来，正如多年前一样。我的心，淌过一股暖流。

　　母亲的脸庞，充满了爱，尽管岁月使她不再年轻，却依然是我心底最难忘的、温柔的脸庞。许多故事已随风逝去，唯有她温暖的爱恒久不变。

之三

　　在我心中最温柔的那个角落，有一个人。她深沉的眼眸凝望着我，她温柔的手抚慰着我，她严厉的教诲使我成长——她便是我的母亲。

　　她是一个普通的中年女子。于他人而言，她是优雅光鲜的；于我而言，她是温柔体贴的慈母，亦是我严格而无私的恩师。

　　然而，妈妈在我心中也是活泼的、美丽的。与其他女子一样，她向往美丽而优雅的衣装。她的眼睛显得恬静，纤瘦的脸颊更使她的瞳孔释放出动人的光芒。微抿的红唇含着笑意，披肩的卷发也别有一种俏皮的气质。每当我迎上她深沉的目光，便仿佛看见了她温柔的微笑，鼓励着我，赞许着我，温暖着我的心。

平日里，她是那样的温柔、亲切，又无微不至地照顾着我。每当我早晨出门时，她总会鼓励我一番，给予我新的力量。再目送着我走出家门，冲我微笑着，挥着手。那时，在和煦的秋风中，我感到一切都美好得如一幅画卷。当她傍晚归家时，眼睛闪烁着兴奋的光芒，像个孩子般，手舞足蹈，奔跑着到我房中来。当她看见我正奋笔疾书时，便又放轻了脚步，含着欣慰的微笑，一步一步地踱过来，仿佛害怕惊扰到我一般。等了半晌，向我打了个招呼，又走了出去。又过了几分钟，一杯温水轻轻地放在了我桌上，她又轻轻地走了出去，带上门，生怕外面的吵闹会影响到我。我轻声道谢，捧起温暖的水杯，指尖的温度化为一阵暖流，在我心中流淌着。妈妈对我的爱，便融合于这杯温水当中，那杯普通的温水，蕴含了多少母亲深沉而炽热的爱啊！

房门半开，我凝视着妈妈坐在书房中写着材料的背影，台灯的光芒映衬出几丝白发，那个瞬间，我有为她端上一杯温水的冲动，我多么想让她感受到我深沉的爱！

在我心里，母亲是一首诗，没有华丽的词藻，却有着深沉的情感。在我心里，她依然是那样美丽，她无私的爱环绕在我心里，时时散发着光芒。

成长

早晨出门时，妈妈和爸爸总要像往常那样抱抱我，不知从何时起，我开始有些抗拒他们的拥抱，抗拒他们温柔的关心。我更渴望朋友们的爱与理解了。我会把更多的真心话说给我的朋友们听，遇到大事会先找她们出谋划策；有了伤心的事情也会先告诉她们。

岁月在不停流逝着，我们在一天天地成长着。

在闲暇的时光里，我时常会想："我们已经长大了，不再是小孩子了。"不知从哪段时间开始，我开始疯狂地改变着。我改变了房间里一切"幼稚"的装饰物，我搬走了所有的注音儿童书籍，我开始抗拒一切我曾狂热的东西……我急切地想要证明：我长大了，我长大了。

洗澡的时候，我把房门锁紧，不让任何一个人进入；睡觉的时候，我也把房门关上，还要向家人们强调"禁止入内"。我喜滋滋地躲到床上，想道："这下不用担心

'隐私'被大人们窥探了。"然而，我其实也没有什么隐私，只是像急切要挣脱鸟笼的鸟儿一样，急急地要逃离父母熟悉而温暖的怀抱，想要自己飞出去，想要独立。

早晨出门时，妈妈和爸爸总要像往常那样抱抱我，不知从何时起，我开始有些抗拒他们的拥抱，抗拒他们温柔的关心。我更渴望朋友们的爱与理解了。我会把更多的真心话说给我的朋友们听，遇到大事会先找她们出谋划策；有了伤心的事情也会先告诉她们。

直到有一天，爸爸坐在饭桌前，有些无奈而又伤感地说："你变了，你什么也不肯同我们说了。"我张了张口，不知如何回应，瞥见他新添的白发，由于操劳而布满血丝的双眼。我鼻子一酸，心中很是愧疚，想说些软话来让爸爸开心些，可却无从开口。爸爸啊！我只是想成长，想要长大！可为什么，却伤了你们的心呢？我只是想拥有一个自己的空间，可为什么，却伤了你们的心呢？

我并没有向我的朋友们倾诉，而是破天荒地找了妈妈。她思虑良久，有些不舍地说："你迟早是要长大的，成长的路上，你会遇到很多，你要记得，爸爸妈妈一直都会在背后支持着你。"

我正在一步一步地成长。究竟，这是怎样的一条路呢？谁也无从得知。或许多年以后，在明媚的阳光下，我会微笑着回忆这一切：我曾带着疑惑与兴奋，去找寻属于我的成长。

外婆

还记得无法融入集体的我，是在她的牵引下，一步步走到了伙伴中；还记得骑单车无法追赶上他人的我，坐在地上放声哭泣，是她牵起我的手，陪着我练习，才换来我骄傲的笑声。

人的一生，就是度过一轮四季。春的新生，夏的灿烂，秋的丰硕，与冬的凋零。

望了一眼日历，正是九月的初秋了。走在人来人往的街道上，两侧的花朵草木，有的仍屹立盛放，有的却已有了快要枯萎的痕迹。

我又看向走在左侧的外婆，是啊！岁月是那样易逝，随着我一点点的成长，那刻满沧桑的皱纹也在一点点地爬上她的脸庞，那么残忍，却无法违抗。

从小我是与外婆一同居住的，生命里最轻松快乐的回忆，都少不了她的身影。还记得无法融入集体的我，是在她的牵引下，一步步走到了伙伴中；还记得骑单车无法追赶上他人的我，坐在地上放声哭泣，是她牵起我的手，陪着我练习，才换来我骄傲的笑声。还记得因为父母的严格管教而吃不上零食的我，央求着外婆，纵是她面上再坚决，最后都抵不住我强烈的愿望……童年那段时光发生的一切，我都难以忘怀，记忆的匣子中，一张张我们的合影，起初，我只能够着外婆的手，那是扎着小辫子的我，咧开嘴笑着。然后，是戴上红领巾的我，大笑着。最后，是穿上了初中校服的我，微笑着，可我看到外婆那夹杂着许多白发的刘海下，闪烁着的双眼，脸颊上的皱纹拧在一处，扬起自豪的笑容。

那时，我在想，其实外婆是个很和蔼的人，对待任何人几乎都是笑眯眯的——可她已经许久不曾这么激动地笑过了，还有眼中盈盈的光芒——与我六岁那年学会骑车时是一样的啊！只不过，黑发早已霜染。

一打开这记忆的大门，万千思绪便涌上心头。我突然那么想看看外婆，看看她的脸庞，看看她的笑容。

我一口气跑到家，打开门，寻找着她的身影。终于，我在阳台上看见了她。她正晾着一件洗干净的我的校服，阳光洒下来，洒在她的脸庞上，映衬着她淡淡的满意与愉快的神情。

那便是我心中最美的脸庞。

最美好的时刻

> 忘记了一切,这大概就是最美好的时刻了吧。白纸上的分数可以随风逝去,人生的许多点点滴滴犹如梦境般虚无,可那印着皱纹的笑颜却是永恒的、美好的怀念。

若将生命比作一汪池水,我想,属于我的那一池,定是温暖融融的,蒸腾着袅袅的柔和的水气,紧拥着我,保护着我。那是家人的爱。而这池水中也有晶亮的那几个时刻吧?那是最美好的时候,是他们陪伴着我的,最美好的时刻。

最温暖的爱,是外婆给予我的。

犹记得六年级时的考试前夕,我内心已紧张到了极点。找尽方法复习,总觉得时间不够,内心躁意难释,一夜难眠。

第二日的考试,自然是顶着一双红肿疲惫的双眼,硬着头皮上了场,各种杂乱的思绪铺天盖地将我席卷,手指不住地颤抖,多次调换坐姿也只觉身体僵硬，内心焦灼。考试结束的刹那，几近流下泪水。

次日成绩便挂在墙边了。挤入重重人群，迎接最恶毒的那个消息。心中没有期待，不过是肯定了自己的失望。颓然地抽身，回到座位上，却是什么情绪也无从发泄了。走到门外，要向妈妈汇报情况，又不禁踌躇了。

恍惚间，我拨打了家里的电话，并不意料接电话的人是外婆，可我又如何能说出口呢？

"怎么了？考得怎么样啊？"我多么害怕她会如此问我啊。

电话接通了。"怎么了？"的确是如我所料。"今天你又没有带上水瓶，真是的，怎么喝水呢？天气这么热啊！"她有些着急的声音传来，突然，我心中明亮了，鼻尖有些酸涩。"你怎么这么马虎呢？去找老师借点水喝吧，中暑了可怎么办……""好了，放心吧。"我打断她，不然如此的唠叨可是无休止的。我闲说了几句，最终未能说出那想告知的消息，还是惆怅的。一个我曾如此熟悉擅长的科目，却考取了这般成绩。

那天，我独自回家，可总要拖沓到最后一个人时才愿起身，我是多么恐惧见到家人期盼的目光，欢笑的言语和神情，我怎能坦然面对呢？

背起书包，欲起身时，教室门却突然打开。一个有些瘦削的身影，气喘吁吁的，急促的，正是外婆。我来不及出声。"你这孩子，怎么这么晚啊？大家都走了，这样多危险。"她又眯起眼笑了，从包里掏出一个纸袋。"看，你爱吃的，肯定的！"她是那么兴奋。

于是，我也咧开嘴，朝她微笑。忘记了一切，这大概就是最美好的时刻了吧。白纸上的分数可以随风逝去，人生的许多点点滴滴犹如梦境般虚无，可那印着皱纹的笑颜却是永恒的、美好的怀念。

外公

往往在那时候，外公并不是如同一般故事里描写那般将我抱起来，反而只是静静地看着我玩闹，布满沟壑的脸上也没有什么欣然的笑意，只是沉默。暂时停留片刻后，他会继续迈开脚步，招呼我跟上。

午后的时光是无限美好的，特别是在环境如此舒适安逸的花园中。饭饱过后，睡意立刻难以阻挡地袭来，叫人昏昏沉沉，忍不住倒在柔软的床榻上酣然入睡。

梦中，久违出现的是我几年前与外公一起的场景。那是在莲花山。葱葱郁郁的绿树下，此起彼伏的蝉鸣声中，我们缓步走着。随意走上的台阶一侧，我们二人看见一块并不显眼的空地上，有人支起了羽毛球网。于是自那次之后，再去公园闲逛，都会带上球拍。小学前几年的暑假，往往是轻松自在的。前往外公外婆家度假的我，每天下午必定的活动便是与外公一同前往莲花山公园打球。

　　那时的我，矮矮的个子，瘦小的身躯，不过是个黄毛丫头。走在斑驳的树影下，伸手去够那粗糙的树枝，却未能实现。往往在那时候，外公并不是如同一般故事里描写那般将我抱起来，反而只是静静地看着我玩闹，布满沟壑的脸上也没有什么欣然的笑意，只是沉默。暂时停留片刻后，他会继续迈开脚步，招呼我跟上。

　　起初打球的时候，我的球技并不过关，尽管外公并不苛责我，可我十分羡慕外公与他人对打时的英姿。我能真切地看到他年迈的脸庞上勃发出新生的光亮。

　　听过许多道理，真正能有共鸣的却为数不多。老师曾说过，生命在于运动。外公挥舞着球拍的时候，汗水顺着他穿了不知多少年的白色背心流淌而下，而皱纹遍布的脸庞上有着坚毅的神情。我感受到了，原来这就是生命在运动时的那种鲜活的力量。那是与少年的鲜活截然不同的——仿佛是沧桑却茂密的老树，在烈日下、在风雨中屹立着。

　　我或许是在那一刹被触动了。那时我甚至想到，在我年逾古稀的时候，会不会也还有着这样的光彩？

　　这种日子重复且持续了许多天，直到临近开学时候。最后一次来莲花山时，心中弥漫着惆怅。当人习惯了一种生活，离去总是不舍的。我多么喜爱这个地方，喜爱奋力追赶时的不甘，偶然成功的喜悦，尽兴打完球之后的大汗淋漓。甚至爱屋及乌地期待着每天下午刺眼的阳光与闷热的风。我们从下午烈日收敛稍许后就出发前往，一直到日暮时分才归家。外婆看着浑身是汗的我们，赶忙嘱咐我们去冲凉更衣。我欢欢喜喜地照做着，心中满满地还在期待接下来的每一天，尽管这种生活很快就要结束了。

那时候，我握拍子的姿势与打球的动作并不标准，可我一直奋力拼搏着，并且打心底里感到充实与快乐。后来向专业的教练系统地学习了羽毛球，学成时的自豪感竟比不上当时的快乐，或许是因为有亲人陪伴的原因吧。

回想起来，实际上也并不是多么久远的事情。仅仅三年的时间，我竟感到十分遥远。我快速地成长着，进入了更为忙碌的初中。假期时也渐渐不再去外婆家住了。我拥有了新的朋友，庞大的社交网络，大量的作业也能填满我的生活……我一点也不感到空虚。我整日长坐在书桌前学习，并不是被迫，当然也非心甘情愿。玩耍的时间一点点地减缩了。起初我是不满的，时间久了，我竟有些习惯于这样的生活。

下午的时候，外公外婆也会到这边来，通常是前来共进晚餐的。听到一阵不太均匀的脚步声，我就知道那是外公。他走进来，悄无声息，一言不发地看看我，再悄悄地掩上房门，退出去。余光扫到他时，我总会随意打声招呼，便继续沉浸在学海之中。他只是浅浅地回应一声。我总会在那时感到有些烦躁——依旧是略微瘦削的身影，依旧穿着那件洗得要破洞的白衬衫。可是，他的脊背更弯曲了。我开始想念三年以前的外公，虽然与我一起时话题并不多，多半是沉默。但那时候我们是行走在同一条路上，一起前进的。我又有多久不曾陪伴他们了呢？

我昔日的球友，打球时没有了我的陪伴，我们是否疏远了？我无从得知。因为外公并不善于展露太多的情绪。只有在饭菜口味过重时，他会有些不满地抱怨几句；只有在作为医生的他大谈养生之道时，他会激动地开怀大笑；在挥舞着羽毛球拍的时候，他会像一个少年一样，紧紧抿着唇，浑浊的双眼紧紧锁定目标，一副认真的模样。

趴在床上望着窗外的蓝天，其实我醒来已久了，不过是被梦境中的场景拨动了心弦，陷入了长久的沉思。窗外的太阳有些刺眼，隔着敞开的窗子，我感受到热乎乎的暖风，沁出一层汗意。这样的天气，这样的时间，似曾相识。

而外公也在这里。他或许有些变化，可他还是那个外公。

我们是不是可以来一场久违的球场切磋？这念头一起，我感到有些激动，甚至热血沸腾。尽管桌面上成堆的作业正静候着我。可是，我觉得还是有一些东西，是更加重要的。我站起身来，捶捶腰，跑出房门。

外婆惊讶道："你不是说学习吗？怎么跑出来了？外公叫你下去活动活动，他先下去了。唉，我说了你不下去的，他不听。这人就是这么顽固……"

我带着球拍匆匆下楼了。

我在小区中间的空地看见了外公。他正独自做着健身操。我怀揣着一颗忐忑的心跑了过去。

他看见了我的身影，似乎有些惊讶，又有些激动，我大喊了一声："我来打球了！"

然后，我看见外公咧开嘴笑了。还看见他微微弯曲的脊背，宽松陈旧的白色衬衣，略微发黄了。心中感到一丝酸涩，却又很快蒸发在烈日下。一切似乎都变化了，似乎又没有变化。不论如何，此刻我诚挚地感到快乐，因为我正陪伴着外公，正如三年前的夏日一样。

生日

那晚的一切，对现在的我而言，记忆犹新。还有最后他们努力唱的那首生日歌，粗哑的嗓音，旋律几乎无法辨认，可我却从未听过那么触动我的歌声，直至我流下泪水。

人世间，有着许多动听的乐章。人人都会享受悦耳动听的乐曲，因为它们能触发心灵的共鸣。可每个人，或许都有一首只属于自己的歌，那旋律隐藏在心灵的深处，当你不经意间忆及时，会热泪盈眶。

每一年的秋天来临了，我都要过一次生日。朋友们聚集到家中，送上美丽精致的礼物，一起玩闹、欢笑，最后再一起切开令人早已垂涎三尺的蛋糕，点上几支蜡烛，唱生日歌，再吹灭烛火。

回想起来，似乎持续多年了，生日一直都是这样度过的。年复一年，直至四年级时的那次。

我背着书包走在回家的路上，十月中旬，天气已稍稍转凉，几阵风吹过，甚至带下了几片落叶，凄凉地落在地上，无人理会。

我也径直踏上去，自顾自怜地回忆着今日早晨与好友们的冲突。生命中时常有摩擦，可我却仍忍不住心中的落寞与沮丧。这一天，明明是我应洋溢着欢乐的生日啊。

推开家门只觉无限失落，不与朋友们一起庆祝的生日，一切都是索然无味的。没有通知妈妈的我，也吃不上一口蛋糕。

距离父母下班仍有许久，我坐在空无一人的客厅，孤独感正包围着我，让我不禁思虑着，还会有人记得我的生日吗？

此时，门突然被推开了，那是一双苍老的手，青筋凸显，皱纹遍布。我一惊，原来是外公外婆。再望向外婆所拎的袋中——那正是一盒蛋糕！我有些激动起来，刚想开口，她却先激动地说："自从你们搬出去住了，我们就没给你过过生日了。今天咱们一家人一起给你过！"我心中有着疼痛的触动——原来，我已这么久未陪伴过年迈的他们了。

吃完晚饭后，外婆打开蛋糕盒，爸爸妈妈点了蜡烛。我不喜欢那一层厚重的奶油，可我却是那么欣喜——当你有诸多不顺时，总有一群人，会毫无保留地给予你关怀，那便是亲人。

那晚的一切，对现在的我而言，记忆犹新。还有最后他们努力唱的那首生日歌，粗哑的嗓音，旋律几乎无法辨认，可我却从未听过那么触动我的歌声，直至我流下泪水。

他们笨拙而小心地传递了爱，哪怕是以自己并不了解的方式，如果那样的爱是一首歌，那我听得懂其中的牵挂与真情。

永恒的声音

> 年幼的我想，终有一日，我会追上它，追上这永恒的在我前方奔跑的旋律。声音是永恒的，它在岁月中永远地穿梭着。

万物皆有声。有的声音在微小的缝隙间溜走，有的却在悠长的岁月中，在斑斓的记忆里徐徐回转，挥之不去。

于我而言，什么样的声音是忘不了的呢？老师传授的知识，父母的谆谆教导，还有美妙的音乐。

小时候，家里便有架钢琴了。很少人碰它，毕竟除了妈妈，谁都不谙此道。然而妈妈忙于工作，似乎也不怎么弹奏。我更是不予理会。直到4岁时某个闲暇的午后，妈妈的旧友来做客，问及她现在是否还弹琴，妈妈坐在钢琴边演奏了一曲。琴的声音，看似单纯的黑白键敲扣，却拨动了我的心弦。那样美的旋律，一气呵成地融汇了、交织了，不似在这个黑色古朴的物体里传来，更像是已化作光芒点点，闪烁喷薄。柔和、动人的琴声在空中飘荡，我的心门被这样的声音缓缓推开，并注入其中。在往后的岁月，它时不时地在心中回响。

于是，我毅然决然地要求学习钢琴，或许是受了妈妈此曲的震撼与影响。但学琴之路却是艰辛的。我才明白，原来美妙的声音不但带给人们享受，却也带来挫折、酸楚、烦闷。对于懒惰的我而言，这必然是一场劫难，练习了很久可我却只能奏出几个枯燥无味的曲调。无数次，无数次，我想着放弃。妈妈演奏的动人声音，成了我最后的支柱与信仰。年幼的我想，终有一日，我会追上它，追上这永恒的在我前方奔跑的旋律。声音是永恒的，它在岁月中永远地穿梭着。学琴学到厌烦或停滞不前时，妈妈只是微笑，或是为我弹奏一曲。每当此时我又会萌发出一些激情与斗志。

这些微小的力量，伴随着永恒的声音，陪伴了我许久。终于，近几年，我的双手已有弹奏出那些曲调的能力。听着我弹奏她熟悉的曲调时，妈妈嘴角挂着欣慰的笑容。

多年过去了，那熟悉的旋律还会清晰地从记忆中浮现出来，这或许便是声音永恒的力量，紧紧地牵系着我，伴随着我的岁月与梦想。

摇篮曲

之后的许多夜晚，我都是在摇篮曲的浅哼轻唱中度过的。如今，黑夜早已是属于一个人的时光，黑漆漆的宁静包围着我，唯有几点依稀的灯火在窗外亮起。

音乐中蕴含的丰富感情，歌词间藏有的故事，以及旋律的律动都能给人以情感的共鸣。在我们心中总有那么几首无法忘怀的歌。儿时的记忆总是十分清晰，而那一首小时候所听的歌曲，也无数次地在我心头萦绕。

四五岁时，总要听着一首摇篮曲才能进入甜美的梦乡。爸爸妈妈的歌声便成了那时的我最安心的陪伴，他们二人或许都不是音乐的精通者，但他们熟悉而又不完美的嗓音，最具有安抚人心的力量。摇篮曲的旋律是熟悉的，可在我长大后才得知我儿时听到的歌词版本，仅有小部分是与原版相符合的，大部分都是由妈妈自己编创的。我听着摇篮曲，看着暖黄灯光下爸爸的身影，久而久之，这个画面就深深地刻入了我的脑海。

之后的许多夜晚里，我都是在摇篮曲的浅哼轻唱中度过的。如今，黑夜早已是属于一个人的时光，黑漆漆的宁静包围着我，唯有几点依稀的灯火在窗外亮起。耳机里响起的是更为新潮的曲子，有些故事、有些声音早已丢失在了远去的时光深处。

在一些难眠的夜晚，再也没有摇篮曲在耳畔响起。取而代之伴我度过长夜的是手机。还记得曾在一个深夜里，辗转难眠的我打开手机，正好遇上另一位失眠的伙伴。我按下语音消息，轻声唱了一首摇篮曲。一切又回到心头，原以为忘记了的"歌词"也从口中顺畅唱出，就是记忆里的歌声。唱给她，也唱给自己。

家乡的民俗

在此提及"民俗",我们便抛开处处皆有的拜年、发红包、贴春联或是放鞭炮等过年习俗。当异乡的游子们回到家中与亲朋欢聚一堂,还有一项重要的民俗活动——祭祖还福。

中国各地有着源远流长的民俗文化,由于各地不同的地理人文背景,这些文化之间产生的巨大差异也十分值得探究。在我的故乡,过年过节时的一些习俗也成了极具代表性的民俗文化。

在此提及"民俗",我们便抛开处处皆有的拜年、发红包、贴春联或是放鞭炮等过年习俗。当异乡的游子们回到家中与亲朋欢聚一堂,还有一项重要的民俗活动——祭祖还福。

我们乘坐着越野车,沿途是零星的房屋交错排列着,前方微弱的车灯成了唯一的照明。车行至一个拐弯,前方有隐约的红光出现了，那是村里人捐资建筑的妈祖庙。走上前去，四周皆是寂静，唯有铜台红烛，香火弥漫，鼻尖嗅到的气味都染上佛性，是一种穿越千里或是千年也不会改变的神圣感触。寒夜中裹紧大衣，跪在有些陈旧的垫上，照着奶奶的指示感恩祖宗神明一年来的庇护，祈求来年的福佑。口中呼出的白气与香炉里的烟雾袅袅缠绵了，只记得那些时刻都是寂静：知者的信仰，不知者如我的震撼。

后来，又前去祭拜了妈祖、老爷神、土地神、家神等。地是荒凉的，原始的，天是漆黑的，唯有神台下的光照牵成明线，引领着我们。出入口处总有刻了名字的牌匾，上面是捐资修缮祠堂、神庙的村民名字，这或许就是人们血液中流淌的民俗吧。

如今闭上眼睛，眼前便会映出点点烛火的光芒，让我的这颗心虔诚地回到遥远的故乡。

乡村时光

我在蝉叫声中醒来，风从窗户外阵阵吹来，还夹含着梨花香和肉香味，我马上下了楼，洗漱完毕，便跑到了金黄的麦田里，麦子长得真高，高到我的头上，我在麦海中前进，风吹来，一阵阵麦浪拍着我的身体，有一种痒痒的感觉，真是令人感到兴奋！

山间的小桥、溪边的红花、金黄的水稻……都是我对乡村生活的美好回忆。

还记得前几年，我回了我的老家——广东的一个小乡村，我在那儿度过了一个月的美好时光。乡村生活，是多么清闲、安详，当然，也很辛苦。

走进村庄，我就嗅到了那一阵阵的清新空气，还有清新的花香味儿，当我沉浸在这好闻的农家气息中，我的心平静了下来。后来，我才发现，原来这个村里种满了花儿，有梨花、桃花、杜鹃、茉莉花，都开得很美，怪不得有着一阵阵好闻的清香。

再往村里走，我就看见了一排排整齐的

小瓦房，几乎每个房子后头都有一大片金黄色的麦田，我看着这美丽的风景，心中有了几分恬静。我前行着，很快到了奶奶的五间小房子。奶奶的房子外围着栅栏，不远处有一条小溪流，看见堂姐在那儿洗衣服，我赶忙跑过去。溪水清清凉凉的，凑近看，水中一只鱼都没有，俗话说：水至清则无鱼，看来这还是真的！

在奶奶的小屋里，我发现一件有趣的事：小楼梯都是用竹子做的，不过钉得很稳，没有半点响声。我上到屋顶，发现还有一个小阁楼，我爬了上去，那儿美极了，地上铺着金黄的稻草。阁楼是露天的，奶奶说，他们一家子总在阁楼上看风景，堂弟有时还在那儿看书。不知怎么，我感到一种对乡村生活的强烈的渴望，心想，如果我能在这恬静休闲、优雅的山村生活，多么美好！

傍晚很快来临，我到了楼下的大门口，一家人在一个木制的小亭子里吃晚饭。桌上有美味的食物，都是自己养的鸡，自家种的菜，一点儿农药味也没有，味道十分纯正……

吃完了饭，我和堂姐、堂弟去了村里散步，这儿没有路灯，可有一个更好的照明用品——"萤火虫"。加上我们手里的蜡烛，村里的景物都清晰极了。我们走到了湖边，水面上有荷花、荷叶。水面十分平静，没有颤动的波纹。"砰"的一声，水面上的平静被打破了，弟弟投下了石子，我和堂姐也一起投了石子，"砰、砰、砰"，水面上的涟漪连成一片，既美丽又神奇。我们笑着，玩着，度过了一个那么开心、快乐的乡村之夜。

第二天，我在蝉叫声中醒来，风从窗户外阵阵吹来，还夹含着梨花香和肉香味。我马上下了楼，洗漱完毕，便跑到了金黄的麦田里，麦子长得真高，高到我的头上，我在麦海中前进，风吹来，一阵阵麦浪拍着我的身体，有一种痒痒的感觉，真是令人感到兴奋！

当我从麦田里出来时，就直奔湖边，奶奶曾说，湖边有几个荡秋千的地方，还是村里人一起做的，一荡就荡到湖上，很刺激！我在湖边的芦苇丛里看见了秋千架，我坐了上去，一荡荡得老高，然后就在那轻轻地荡着，闭上双眼，感觉微风拍在脸上，真是令人心旷神怡。我在芦花香中惬意地荡着……

乡村生活是那么清闲，没有城市的华丽、繁华，却有着农家的质朴和踏实。

二十年后回深圳

离别深圳，奔走天涯的我是多么需要家人的关怀啊！妈妈的双鬓早已斑白，爸爸也已步入花甲之年。我真的好难过，当年活力四射的父母，也一日一日地老去了。

　　一眨眼间，二十年过去了。将近三十岁的我离开深圳多年了，而今天，我则又一次回到了这个故乡。为什么？这不需要问，心中的牵挂，就是一切。

　　走近深圳的各个角落时，才发现：当年的固然美，而二十年以后的她更美了。我知道，我成长着的同时，深圳也成长着。往日，家门口一个有小商小贩"游击"出现的地方，如今已干净整洁；红荔路两旁的绿化带也更繁茂了；不少之前看起来破旧、乱糟糟的地段也进行了整修，都已变得面貌一新。现在，深圳已成为一个与二十年前截然不同的城市。

　　回到家乡，我不禁想起了童年时代的一切，想到自己的学校，自己的朋友们、同学们。想起小学时代发生的一切……我来到了我的学校，走近那教室斑驳的楼梯，经过那面木框架的简单镜子，又想起以前自己总爱在这里看看自己长什么样；又来到了教室前的走廊，看见那几个"安全文明"的牌子，这里还是那么令人熟悉。我走进教室，忆及与同学们相处的情景，有欢笑，有眼泪……在这一刻，我真的很思念分别了二十年的同学，你们还好吗？回想儿时的种种往事，我的双眼不禁湿润，我真希望见到朋友们，可惜如今大家早已天各一方，各奔前程了，也不知何日才可以相遇。

　　牵挂家乡的朋友、景色……更牵挂的是家乡的亲人。离别家乡，奔走天涯的我是多么需要家人的关怀啊！妈妈的双鬓早已斑白，爸爸也已步入花甲之年。我真的好难过，当年活力四射的父母，也一日一日地老去了。

　　表妹、堂弟都来了，都长成大姑娘和小伙子了，时间过得真快，一眨眼，当年不懂事的他们都长大了啊！

　　家乡的一景一物，一人一事……我会一辈子牵挂着的。因为我有一颗思乡的心，我的心中有一股思乡的情。

我小的时候，大家都是拿相机拍照的，然后去冲印店里把相片冲洗出来，再把照片夹到相簿中去。父母二人热爱摄影，尽管只用着最简单的相机，却也留下了许多好照片。

我的收藏

　　记忆是一串串美丽的晶体，哪怕曾是再难忘的，也会随着岁月的推移愈行愈远，直至消失。只存留下很少的痕迹，可那些痕迹，就是珍贵的收藏了。

　　我小的时候，大家都是拿相机拍照的，然后去冲印店里把相片冲洗出来，再把照片夹到相簿中去。父母二人热爱摄影，尽管只用着简单的相机，却也留下了许多好照片。

　　闲适时，我还会去翻看那些仿佛已离我远去的相册，上面甚至积满了灰尘。可当我看到相片上鲜活的、欢笑着的脸庞时，心中总会温暖地充实起来。

　　我曾经很抗拒外出时拍照。一来自觉人

不太上镜，二来嫌麻烦。可父母却不厌其烦地架起相机，告诉我，这是童年珍贵的记忆，等你长大了看，多好啊。我却反驳，用尽我所能来反驳他们。八九岁时，毛躁与不明事理的我曾为此多次与父母起冲突。某一次在爬山的途中，妈妈说道："你这身红衣服挺好看的，拍张照片吧。"爸爸也凑过来，说想与我一起合照。我顿时烦闷起来，美好的心情几乎一扫而空。勉强地照完后，我一路上默然无语，也无心理会妈妈挑起的话题。直到回家，爸爸欲言又止，仿佛想问问我怎么了，我却直接走回房去。

从那以后，他们便很少要求我拍照了。

后来，大家都开始用手机与电脑存相片了。妈妈也不再去洗相片了。相簿叠得厚厚的，却不再增加了。但我知道，妈妈还是常常拍照，在我认真读书时，在我打球时，在我开怀大笑时。

一天下午，我要准备提交给老师的照片，打开了妈妈的电脑。当我点开照片的文件夹时，映入眼帘的，是长长的，一排又一排的列表。每一个目录都备注了照片拍摄的内容、名称与时间。一一点进去，里面布满了我们一家人的照片，其中以我的居多。从牙牙学语直到现在。起初的我笑得开怀，后来渐渐含蓄些。照片的质量在提高着，可不变的，是摄影者的心。

看完电脑里存储的所有照片，耗去了我一下午的时间。如果没有父母平常点点滴滴的积累和细心的整理，哪有今天这些记载着我成长轨迹、珍贵而又如此完整的记录呢！父母的爱如那涓涓细流滋润着我的心田，我曾经表现出的抗拒与不耐烦的态度在此刻让我倍感内疚。翻阅一张张旧照片，就如回到了从前的情景，正是这些能让我欢笑而又涕泪交加的一点点记忆的碎片，成了我人生最珍贵的收藏吧。

爸爸的伤口

爸爸的一只手撑在雨后的淤泥中，他慢慢把手拔了出来，我惊呆了：爸爸的手臂被树枝划了一道血红的伤口，尽管手臂上满是泥浆，还是看得到血向外流出，爸爸的双腿也被划了几道口子，血渐渐渗出。

　　在每个人心中，总有一处风景，心中最难忘的一处风景，哪怕是在一个普普通通的角落里，都是心中最美丽的场景。

　　我曾欣赏过黄果树瀑布的宏伟气势，曾见识过故宫的金碧辉煌，曾感受过法国罗浮宫里的艺术浓情，也观望过阿尔卑斯山上的一片雪白……种种景观，或许是世界最著名的景色，却并非我心中最美的风景。我心中最美丽的风景，仅仅存在于一个小小的角落，无声无息，却好似我心中的沉香……

　　那是六岁那年，雨后我与爸爸到小区里散步。小区里有一个竹林，我怀着深深的好奇，拉着爸爸走了进去。竹林中一片翠绿，雅致的青竹好似穿着青衣的窈窕淑女，雅而不俗。竹林很密，我喜欢此幽静而神秘的环境。放眼望去，我看不见竹林的尽头，只仿佛置身于风情万种青翠的海洋……我在前走着，爸爸跟着我，笑而不语。我突然快步往竹林深处走去，爸爸说，亲爱的，停下来，路上积水太多啦。我说，没事的。继续快步走，爸爸脚步匆忙地追了上来。

突然，我踩到一根落枝，一个趔趄滑了一跤，我一慌，向后滑去。就在我快要摔倒时，爸爸"啊"了一声，接住我瘦小的身躯，把我向前一推，自己却站不稳仰面朝天摔下，整个人倒在湿滑的泥土之中。我赶忙跑上前去，焦急地问："爸爸，你怎么了？""哎！哎呀！"他呻吟起来，"没事，没什么，我可能受伤了。亲爱的，等一下，爸爸慢慢起来！"我把小手递给爸爸，想让他拉着我的手爬起来。爸爸说不用，我自己可以站起来。不安与内疚在我心中迅速弥漫，看见爸爸疼痛的样子，我的眼泪开始在双眼里打转儿：爸爸是因为我受伤的。一种复杂的愧疚掺着几分感动充盈着我的内心……

爸爸的一只手撑在雨后的淤泥中，他慢慢把手拔了出来，我惊呆了：爸爸的手臂被树枝划了一道血红的伤口，尽管手臂上满是泥浆，还是看得到血向外流出，爸爸的双腿也被划了几道口子，血渐渐渗出。看着狼狈而受伤的爸爸，我的泪水喷涌而出，我一遍遍地问道："爸爸，你没有事吧？你没事吧？爸爸！"爸爸温柔地对带着哭腔的我说："没事了，宝贝，爸爸受的是皮外伤，流点血不碍事的，我们回家吧！"他用另一只手拉着我，快步往回走去。我已是泣不成声，伤心而内疚。他做出坚强的模样，一个劲儿地说："没事，没事。"我又哭着说："爸爸，你是为我受的伤……""宝贝，爸爸没事，你若伤了的话就不好了，多亏是我伤到了，而不是你，爸爸是大人，这点伤不算什么。"他又说道。我想说点什么，却没有开口……

从此，我极少去那片竹林，可却总在夜晚最安静的时候忆起那件事。那片竹林依旧存在，那淡定雅致的绿，是我心中最温暖感动的风景……

欢愉见闻

美就在身边

阳光将它纤薄的花瓣镀上一层金色，明亮的光影后，层层细密的纹理显现出来，几点鹅黄缀在花蕊上，轻轻摇曳着。我的心思马上被吸引了去，于是蹲下去观察。

天气渐渐热了起来，早晨初醒就能听见蝉的噪音，让我感到十分烦躁。

我不耐烦地甩下手中的笔，只看见它砰然坠在桌台上密密麻麻的白纸黑字间，一种厚重的压抑的感觉便扑面而来。别开脸去，墙上的钟无声地提醒着我，我已经在房间中待了大半天了。

写着作业的时候，周围一切都是那样明亮却呆板；而窗外正绿意旖旎，雨迹未干，迷迷蒙蒙，恰似未干的油画，与室内的枯燥可谓是云泥之别。

我直接奔下楼，四处闲逛起来。步履轻盈，卸下功课的繁重，披上浑身的快意，什么都不需顾及，只要徜徉在暖阳里。眼中的棱角似被磨平了，只觉眼中美景无比怡人。

放眼望去，只见草坪上柔和的翠绿映满整片眼帘。我瞥见远处一抹蓝色的身影，走近去看，原来是一株蓝色的小花。

阳光将它纤薄的花瓣镀上一层金色，明亮的光影后，层层细密的纹理显现出来，几点鹅黄缀在花蕊上，轻轻摇曳着。我的心思马上被吸引了去，于是蹲下去观察。

这时，窸窣的小跑声从身后传来。回眸一看，一个不过五六岁的小男孩也跑过来，激动而兴奋地蹲在花前，嚷着："快来！看这儿有小花！"

一群孩子也奔过来，欢声笑语在空气中萦绕。

看着他，他们，看着一张张春光明媚的欢笑的脸庞。

我不禁笑起来，快乐地笑起来。

似乎几年前，我也曾如此。天真烂漫，踏遍春光，那时光里溢满了伙伴们与自己的笑容。

而如今的我想，或许人不可失去对美的探索与向往，否则，终化朽木。

静下心来，学会去寻、去赏身边的美。

然后下一个早晨醒来，你会发现刺耳蝉鸣其实也是大自然的妙音。

登莲花山有感

山间分布了许多不同去向的小径，石阶一级级从各个小径的末端又向上或下伸展开去。整座山都有人的踪迹。山的半腰有个人工湖。湖的面积不大，也并无清澈见底的样子。那只不过是个平庸的小小湖泊罢了。连碧绿的池水，都只能成为彩色游船的背景。

　　每座城市，总有些历史悠长的印记，然而作为一个新兴的城市——深圳，能引人感怀历史的去处只有寥寥几个。在这种情况下，福田区的莲花山公园成了这座城市不可忽视的标志性公园。

　　这是一座人工的山。比起其他的许多公园，莲花山的确是倚傍在一座山上。山不是高山，可它却坐落在福田区的中心区，沉稳地屹立于高楼之间。若说莲花山有什么独特之处，那必是它给予人如同置身森林间的实境感。行走于莲花山曲折的柏油路上，两侧全是密布的树林，像是高大的屏障。而天顶的日光却没有被遮挡，洒下一路的温暖。这里的自然之美与现代都市完美融合。走在山林间，嗅吸原始的风，脚下所踏的却不是污浊的泥土——这样的攀登是一种愉悦。

　　山间分布了许多不同去向的小径，石阶一级级从各个小径的末端向上或向下伸展开去。整座山都有人的踪迹。山的半腰有个人工湖。湖的面积不大，也并无清澈见底的样子。那只不过是个平庸的小小湖泊罢了。连碧绿的池水，都只能成为彩色游船的背景。尽管如此，那里的氛围是舒畅的，看着若有若无的微风吹开湖面，拍开密密的绿藻；周围站着人群，哪怕是不回头去望，也能收到那快乐的讯息。这一隅的人们或许偶有悲伤，但那泡沫般的情绪在片刻间就会沉入湖底，抑或在烈日炎炎之下消散了。消散在笑声、交谈声、游船启动的声中……

　　我不知道，是人们给了莲花山美好的颜色，还是这美丽的山，送给人们美好的感受？

春天

窗外，远处的草坪上有着嬉闹的顽童，那童真的笑颜在翠绿中愈显明亮，和着婉转缠绵的鸟鸣，为这一度冷清寂静的大地铺满生机。几处干枯的树枝，光秃秃的土丘也不复往常，已有隐隐的绿意泛滥。

迈出房门，揉揉仍带有倦意的双眼，却不慎脚下一滑，我已摔在了地板上。些许疼痛从腿部传来，将我从神游中唤回。看着满地的潮湿——啊！春天来了。

或许是季节交替的缘故，也或许是微暖的春风太过醉人，最近，我总是分外嗜睡，并且白天也精神恍惚。走在路上，隐约可以闻到新叶嫩苗的清香。无暇停住匆匆的步伐，只好转身掠过这一大片大好春光，疾步赶往学校。

忙了大半日的学业，我终有空闲，来赏一赏窗外景致。随意地撑着手肘，眼神停留在一树的碧绿上。平心而论，此情此景与冬日里的无甚区别。但是我的心中却总感到我的四周有些变化。一切在春风中温润起来，染上了几分碧色。窗外，远处的草坪上有着嬉闹的顽童，那童真的笑颜在翠绿中愈显明亮，和着婉转缠绵的鸟鸣，为这一度冷清寂静的大地铺满生机。几处干枯的树枝，光秃秃的土丘也不复往常，已有隐隐的绿意泛滥。由于潮湿的气候，门前石阶也有光滑的青苔占据着。

终于，在前几日，我迎来了今年初春的第一场雨。雨并不大，只是淅淅沥沥地下着，柔柔地落在大地上。行人的头顶略带湿意，一大片的清凉更使人心旷神怡。这是春对大地的温柔洗礼。

春天是年年皆会如期而至的，再寻常不过。可无数文人墨客都叹之颂之，仿佛春是一位倾国的美人一般。

然而，在我眼中，春只是一个青涩而温柔的少女罢了。

慵赏夏花

我想，这貌似悲凉的诗歌其实饱含积极向上的意蕴，生命要像夏季的花朵那般绚烂夺目，娇艳绽放，但生活中也难免会有不如意之处，我们应当淡然对待，就像秋叶般静美地接受造物主的安排。

不知不觉中，春天悄悄地走了，我们这个海滨城市进入夏天频道。这是一个夏日的周末，经过一阶段紧张搏击但淡然退出的我，走进阔别多时的公园观看花展，去草木间探究那夏天的面容。迎着早晨灿烂的暖阳，花儿们早已身着靓丽动人的盛装，在园中绽放了。她们，似乎在热情招手，欢迎我这个不速之客。

经过一夜雨水滋养，花展上的花儿们变得更加俏丽。五颜六色的花瓣时常吸引游人驻足观望，"啧啧"惊叹着，这是大自然之美。

此次花展来人众多，在一处装修雅致的

大花园中举行。没有过多繁琐的仪式，花展马上开始了。迈步走入花园，只见各种鲜花被独具匠心地植成了各种形状。每个位置都有不同的花儿。

刚进园时，只见娇嫩美丽的月季正随风舞动。淡粉色的花瓣更为她们增添好几分风姿；再看，便是朵朵可爱的向日葵正向着太阳所在的方向，它们并不是那样娇媚，却平添了几分精神抖擞的朝气；接着，朵朵籇杜鹃更浓妆艳抹地出现在了我的视线中。玫红色的衣裙使得她们颇为引人注目。那样明丽的色彩，却不给人俗气之感；左侧，正是开得正艳的郁金香，嫩黄鲜艳的小花儿不禁让我眼前一亮，淡淡的芬芳令我莞尔一笑……

环绕一周，我的目光落在一面由各色玫瑰拼成的"花钟"之上。往常看玫瑰时，心中并没有多少的赞赏，只觉得太过艳丽的色彩会让人眼花缭乱。今日再一看，却颇感畅快舒适。玫瑰的排列是有讲究的，每个时间被每种不同的色彩所代表。先从高贵的紫色玫瑰开始，紫色的花瓣流露出凝重华贵，透出优雅的气质，仿佛是一位端庄的女王。紫色之后，是玫红与粉红二色的玫瑰，这两种色彩，给人一种活泼、青春而充满阳光的感觉。一朵朵亭亭玉立、错落有致地与紫色嵌在一起。绕在粉色玫瑰周围的香槟玫瑰在这一大片花儿之中独具风姿。呈奶白色的衣裳使她们不同于其他的花儿，从骨子里透出来的一种纯洁、灵动，就好似安详的天使一般，给人超凡脱俗之感。当然，最别具一格的玫瑰是"蓝色妖姬"了，这是"花钟"上最娇艳的色泽。说起这种独特的花儿，其培育方法也是与众不同的，在白玫瑰快到花期时，开始用蓝色染料浇灌花卉，让白玫瑰吸收染料，便长成了"蓝色妖姬"。仔细一看，花中含着几分妖娆……在玫瑰拼成的圆盘之中，有着铜制的指针，为这个巧夺天工的作品增添了几分华贵端庄。

吞食着阵阵芬芳的花香，我的心变得柔软而舒张。花的美丽、花的妖娆深深地打动了我。一个游客吟诵起谢灵运那两句著名的咏夏诗句——"首夏犹清和，芳草亦未歇。"听着这两句诗，我想起泰戈尔的两句诗——"生如夏花之绚烂，死如秋叶之静美"。我想，这貌似悲凉的诗歌其实饱含积极向上的意蕴，生命要像夏季的花朵那般绚烂夺目，娇艳绽放，但生活中也难免会有不如意之处，我们应当淡然对待，就像秋叶般静美地接受造物主的安排。

我边想边走，一回头，依然琳琅满目、美不胜收的各色鲜花正随风摇摆着，好像在向我挥手道别。路边一个摆摊阿姨问我，要不要带些鲜花回去插在瓶子里呢？我欣然扫了微信，用半篇稿费换得满手芳香。我心中暗念，等我回家把花插好后，一定要把她们画下来呢。

夏花绚丽，我心惬意。

花植礼赞

正是梅花与松树教给我，如何在困难中永不退缩，坚强面对。不止这两位"老师"，竹子教给我朴素，小草教给我谦虚，菊花教给我独立……

植物是人类的老师，他们不仅启发我们发明了高科技的东西，也让我懂得了一些道理，我在他们身上看到了不一样的美好品质。

梅花，一种深粉红色的花朵，她有着一股淡淡的清香。她在那寒冷的冬天曾开得最红，最美。她把生命力投入了冬日的开放。她坚强地忍受寒冷的阵阵来袭；她是严寒中的一枝独秀；她在寒风中微笑，她展现了自己最美、最神奇的生命，这是一个奇迹！为什么？因为"宝剑锋从磨砺出，梅花香自苦寒来"。啊！梅花，你坚强，你从不在困难中退缩，反而在遭遇困难时勇敢面对，这真值得人类去学习呀！

　　松树，一种翠绿、繁茂的植物，他挺拔极了，浓密的树荫让人们乘凉、休息。他在那冰冷的雪地中曾经被层层大雪覆盖，可他仍然不屈不挠地生长，他的生命力充沛极了，他不愿被严寒打败，他坚强地顶着雪，挺立在山峰上，眺望远方，寻找春天的影子，他不曾抱怨，他坚守着，直到春天到来……他与梅一样，忍着苦难，等待欢乐，等待奇迹，因为他们坚强、勇敢、永不屈服！

　　正是梅花与松树教给我，如何在困难中永不退缩，坚强面对。不止这两位"老师"，竹子教给我朴素，小草教给我谦虚，菊花教给我独立……

　　植物教给我们的太多了，学习他们，你会发现，每一种植物都有其可贵之处。

星
月
辉

观星观月，在古人看来是寻常之事。他们以此吟诗作赋，饮酒时也会兴起吟咏星月之词。那时，人们坐在屋外，目所能及的不过是这一方夜幕罢了，这或许也是为何那时的星辰更为灿烂，月光更为明亮。

黑夜降临，夜幕布下缠绵的网。城市的忙碌节奏中，甚少有人抬头去欣赏天空的模样。哪怕是抬头，也不过是匆匆一瞥。月时缺时圆，无人注意，无关紧要。如此之下，那些更为零乱的细碎的星星，就更加失去了人们的注目。

观星观月，在古人看来是寻常之事。他们以此吟诗作赋，饮酒时也会兴起吟咏星月之词。那时，人们坐在屋外，目所能及的不过是这一方夜幕罢了，这或许也是为何那时的星辰更为灿烂，月光更为明亮。如今，他们也不过是节日时偶尔联想的物象，黑夜，又不过示意着另一场狂欢的开端。无谓好或坏，时光所带来的是巨大的改变，它改变了人们注目的东西，也悄然改变着人心啊！

哦！可是，哪怕在这个忙碌的夜晚，人们盯着屏幕，看着七彩的画面，早已忘记了那星星和月亮，在黑夜中照耀了千年；人们走在街道上，处处流光溢彩，灯火通明，早已不需要它们的光亮；人们最终隐回黑暗之中，又在寂静中迎来新的日子……星与月又有什么意义？但我坚信，总有人会停下片刻，抬头凝望。安静下来，那些光芒不需去照亮我们的路，有时他们点亮了疲惫的心。这或许就是为什么我们仍旧渴望黑夜中的星与月。在关上床头有些刺眼的白炽灯，锁上手机的屏幕后，深夜的窗外，会洒进几分微弱而舒适的光芒。

一轮圆月

圆月当空，如同一面天镜，洁白、冷冽，挂在夜幕上方，悄然注视着这个世界。圆月，是温馨的，那白霜似的光芒，从云间倾泻而出，缀在黑蓝的天幕上。圆润饱满的身躯，在夜的衬托下显露分明，恰似一位温柔的少女。

今夜是中秋，家家户户挂上了红灯笼，显得喜庆而吉祥。我们一家自然也不例外，一切显得红火而吉祥。

在这个特别的夜晚，处处洋溢着热闹与团圆的气息，我独自一人，站在阳台上，迎面拂来阵阵清风，凝视着那轮圆月，感慨万千，但尽管有团圆的喜悦，心里莫名涌上一种淡淡的惆怅。

圆月当空，如同一面天镜，洁白、冷冽，挂在夜幕上方，悄然注视着这个世界。圆月，是温馨的，那白霜似的光芒，从云间倾泻而出，缀在黑蓝的天幕上。圆润饱满的身躯，在夜的衬托下显露分明，恰似一位温柔的少女。至此，我仿佛在那面泛着光的月亮上，看见了一双温柔的眼眸，美丽的瞳孔里释放出照耀大地的光芒。月显得那样冰洁、无瑕，是天宫中的仙女将它雕琢，令人寻不见瑕疵；是云间的神笔为它上色，那样素净、淡雅，却险些让整个天空黯然失色。此刻，在我眼里，月是贞洁、纯真的化身；是身着一袭白裙的绝色少女；是一块柔美大方的翡翠……我渐渐出了神，幻想着，仿佛自己轻飘飘地，飞上了月一般……

不一会儿，大家也陆续来到阳台上赏月，喧闹又将我引回了现实当中，大家正品着茶，聊着天，赏着月。爷爷奶奶讲起了嫦娥的传说，大家都认真地聆听着。接着，又听见兄弟们嬉闹的声音，月如一双眼睛，正用柔和的目光注视着我们幸福的脸庞。阳台上瞬间充满了快乐的气氛。妈妈端来了月饼，金黄酥软，香甜可口，散发淡淡的清香。此时饮一口茶，便最是享受不过了。渐渐，谈话声低了，大家都赏起月来，我望着票出幽香的茶杯，里面还映着月的影子，喝一口茶，便如同把团圆的甜，蜜饮到了心里一般。虫鸣的声音，滴水的声音，叶落的声音，在这月明之夜，一切都显得宁静而美好。

又望向月，心里忆起了李白的那首诗，儿时童真的我，何尝不曾把月误认为是一只白玉盘呢？想到这里，我的脸上也泛起了如月一般温柔的微笑。

顽强

不久，我看见蜜蜂飞了出来，它是从沙子中挣扎出来的。朋友又把它打回去了，这一次可是狠狠的，我想蜜蜂哪有这么顽强？肯定不再出来了，说不准死了呢！我又继续去玩了起来……

我一向害怕昆虫，可是这一次，我却被一只小蜜蜂深深地震撼了。是它，让我明白了什么叫热爱生命，什么叫珍惜生命。

一天，我正在小区的沙坑里玩，一只蜜蜂飞了过来，我害怕地缩到一旁，一个朋友一巴掌把蜜蜂拍进沙子里，还用铲子盖了一层厚厚的沙子在上面。我继续玩耍。不久，我看见蜜蜂飞了出来，它是从沙子中挣扎出来的。朋友又把它打回去了，这一次可是狠狠的，我想蜜蜂哪有这么顽强？肯定不再出来了，说不准死了呢！……

谁知，那小东西又飞了出来，朋友又将它打入沙子……就这样，试了好多次，蜜蜂折损了一半翅膀，朋友气呼呼地说："不管怎样，不理它了！"我虽然对蜜蜂感到害怕，可我的内心对这个可怜的小生灵产生了敬佩之情，它可以听天由命，在沙土中死去，甚至闭上双眼，放弃生活的希望……可它没有！它挣扎着身子在沙堆上立起来，慢慢地扑闪翅膀，我看着它那一半残缺的翅膀，心想："是我的话肯定就不再有飞翔的念头了，它不可能飞起来了。"出乎意料的是，它低飞了起来，飞的不是很高，在草地上方盘旋，似乎在欣赏自己的英姿。最后，它竟然慢慢地飞走了。

今天的这一幕，让我明白了什么是不放弃生命，什么叫珍惜生命。我也懂得了：拥有生命，就不要轻易去放弃，就算遭遇了再大的困难，也不要失去希望。

距离

小区里的灯光幽幽暗暗，打在浅眠的绿叶上，钻进柔软的花香间。这是一个再平常不过的周末夜晚，到处都是闲散的气息，家家户户都平静地享受这松弛的时光。

夜晚，风穿过层层树木的遮掩，游荡在浅淡得近乎透明的月色下，到了夜间慵懒散步的人们脚边，人们倒不觉寒意，不过是风温柔地吟唱。人们揽紧衣衫，提起兴致继续前行。

我和外婆推开了小区的大门，值班的保安有些疲惫，打着哈欠，向着我们笑笑。小区里的灯光幽幽暗暗，打在浅眠的绿叶上，钻进柔软的花香间。这是一个再平常不过的周末夜晚，到处都是闲散的气息，家家户户都平静地享受这松弛的时光。

上了电梯，打算回家后倒头就睡。可出了电梯门，却被眼前所见惊住了，不知如何迈开脚步。

那是两个衣衫破旧，银发蓬乱的老人。一个正趴在有些肮脏的瓷砖上，用袋子收捡东西，而地上摊着杂乱的各类生活用品，这些东西并不显得陈旧，可却分明透露出那些是来源于楼梯间的垃圾桶，因为一位老妪正在楼梯间半掩门里的垃圾桶旁，地上一片狼藉。

我的内心骤然打开一扇门，有些酸臭的气体奔入其中，看到如此情景，更多的不是担忧与恐惧，而是感到无言的凄然。

他们看见我们出现，手中动作渐缓下来。灰白的眼白衬着浑浊的眼珠，空气中的气氛愈发僵硬。忽然间，外婆打破这令人难堪的寂静，开了口："这么晚了，还在捡垃圾啊？"我脑中飞速运转起来，这样说究竟是否妥当呢？如实而言，至今我也不知道。

紧接着，外婆开始开门，她将我往怀中揽，后又将门关紧，长吁一口气。

我放下东西，推开阳台门透气。心中的堵塞又多了几分。乌黑的云压抑着，浮现出那对老夫妇的脸庞，岁月与人世或许并非总是静好，生活的艰难还是让不少人弯下了腰。

回到房间里，我继续做作业。不久后，忙碌了一天的外婆已安然入睡，她其实已年逾古稀，可却是有着亚麻色的卷发。她安详的睡颜，浅浅的鼾声弥漫在一室暗色里。窗外的月光从帘间溜进来，猫的鸣叫也阵阵传来。

夜色依旧如水徜徉，可在这样一个美好的夜晚，那扇门外，那两个老人却有着和我们不一样的人生。

路人的伞

尽管那场雨让我患上重感冒，可心中有了一份感恩一份感动，便不再抱怨、后悔。若路过某个正需帮助的人身旁，我会把这温暖传递下去。

在这斑斓的世间，有不止千万个去处，每个人都在奔向自己归属的那一处。行色匆匆，踏向铺设好的旅途，可千万不要忘却曾经路过的温暖。

那一日，晴空，暖阳，身上沁着丝丝汗意，我出了门。谁能料到那一场突如其来的雨？我听见了那一声响彻天空的闷响，不禁慌乱起来。路程，还很遥远。可终是事与愿违，点点雨滴开始向大地喷洒，路上颜色渐渐深起来。我的步伐开始犹豫，可也毫无他法。我脱下外套，举上头顶，维持着尴尬的姿势前行。所幸路人只有寥寥几位。

逐渐，雨越发猖獗了。这是春日的初

雨，是严寒后的觉醒，雨急促而欢悦一般飞舞，我的衣服已不能承受，雨水穿透，溅在头发上，身上。我猛烈地打着喷嚏，手忙脚乱，无从顾及形象，最后只得冒雨前行，看看四周没有可避雨之处，只好就此认命了。

那时的我，狼狈，不知所措，心中平添阵阵悲凉，是因为这如泣如诉的雨凛冽地缠入心里了吧。还是因为路人同行，却无人相助？但我怎能有如此要求呢？我要前往的地方未必与他们同路，他们没有义务承担这份不便。

这时，一双高跟鞋的声音杂含在雨水声中向我走近，到了我身旁来，回头瞧，是一个阿姨。手中有把巨大的伞。"同学，我正好开车路过这里，你这样下去可会感冒的。"我有些惊讶，只见她将伞柄塞入我手中，就跑回车上。挥着手要离开，仿佛有什么急事。车轮摩擦在湿冷的地面，我奔过去，唯有大声呼喊着："谢谢！"目随她远去。我撑着伞，继续走着，雨丝毫没有减少之意。内心满溢着这份短暂却永恒的温暖。她路过，给予我一份帮助，而我，遭遇了一场大雨，收获的是那无可比拟的感动。

尽管那场雨让我患上重感冒，可心中有了一份感恩一份感动，便不再抱怨、后悔。若路过某个正需帮助的人身旁，我会把这温暖传递下去。

小保安

第一眼撞上他的眼神，就能感受到他眼中传来的满满笑意，挂满全脸。再细细看，他也不过是不到二十岁的模样，但是晒得黝黑的脸和不算高的身子，和他明亮的笑容完全不搭。

　　晨曦初现的清晨，我出门，按电梯，穿过依旧在梦中的小区去学校。这样的路，从六岁上小学起，直至今日，早已熟悉得刻入脑中。是从哪一天开始，这条路多了点什么与以往不同了呢？

　　记不得是哪天了，当我走到小区的大门口，按下打开玻璃门的按钮时，我听到大门旁边的值班亭里传来一声"早上好"，心里着实惊讶了一下。亭中的陌生面孔言笑晏晏，原来是新来的保安。第一眼撞上他的眼神，就能感受到他眼中传来的满满笑意，挂满全脸。再细细看，他也不过是不到二十岁的模样，但是晒得黝黑的脸和不算高的身子，和他明亮的笑容完全不搭。我回以一句"你好"和微笑，后又继续向前迈步了。正是从这一天起，每个早晨，他都在那里，和我的交集不多，只限于简单的问候，后来有一次，他叫我声"妹妹"，笑着，有些拘束地开口询问我为什么背着这么厚重的书包。我有些猝不及防，顿了顿告诉他，我们功课特别多。"哦。"他愣了愣，点点头。话题在这里停止了，没有再继续。之后，每当看到这个比我大不了几岁的大男孩，一个人安静地待在那个保安亭时，我心中有复杂的念头泛起。他是那样的友善与明亮，可是他要一直一直这样待在那个亭中吗？答案显然是无疑的。

一直以来，我自认是感恩生命、热爱生活的。可是这样类似的偶遇，在我人生路途里，一个一个，忍不住让我想要再珍惜一点，珍惜当下，也珍惜时光。我有时候会想一想，若是他卸下这并不合身的制服，成为教室中的一个再平凡不过的同学，那我是不是依然会在学校的拐角处，再次被他的笑脸和温柔的问候而温暖？只可惜，在我与他迢迢而迥异的人生里，他是一个过客，我只能告诉自己去珍惜他的笑容，也只能在擦身时微微的惆怅中，不回头地继续前行。

难忘那笑容

我转过身去，目光沉在那拐角处的阴暗里，心不住颤着。我该怎么办？突然，我听见有人唤我的名字，回过头去，看见前台的姐姐笑眯眯地看着我："上车吧，我送你！"我永远也不会忘记她那真诚的笑容。

夜晚已悄然降临，僻静的路灯幽幽闪烁着昏黄的光，在夜色里静谧地沉默着。半晌，飞来几只灰白色的飞蛾，随即仓皇落下，坠入那墙角的黑影之中，风簌簌地吹起来，略有些阴森。

我背着书包从培训班教室走出，向着几个同班的女孩挥了挥手，她们的身影很快消失在浓浓夜色中。我深吸一口气，也想迈出脚步。低头看了看表，已经九点半了。我不禁疑惑起来：往常的这个时候，爸爸应该已经开车来接我了。突然一阵不安袭上心头，不过我又立刻打消了那些念头。或许，他有些什么事耽搁了吧。我回到教室前的沙发上，一屁股坐了下去，开始等待起来。

　　渐渐地，我都有了几分睡意了，在即将阖目之时，忽然有人拍了拍我的肩，原来是前台的姐姐。我扫视周围，只见灯已经关得所剩无几了。她柔和的嗓音响起："抱歉，我们要下班了。嗯……那你……"看着她尴尬的笑容，我也感到愧疚，于是站起来无所谓地说："正好我也要回去了。"于是又走出去，看了看表，其实也只过了十五分钟。但我不愿再浪费时间等下去，便掏出了手机。

　　在同一瞬间，"滴滴"的短信声响起来，定睛一看，是妈妈发来的。再看下去傻了眼，只见手机的屏上几行黑字：车有故障，自己走回来，路很安全，不用害怕。

　　我身体不禁抖了抖，恐惧与不安终究没有按捺住——那时我才上一年级。我下意识回头，却只见培训班的大门已经关上，前台的姐姐正锁着门。我几乎要扑过去了，可是我知道，我不能。

　　我转过身去，目光沉在那拐角处的阴暗里，心不住颤着。

　　我该怎么办？

　　突然，我听见有人唤我的名字，回过头去，看见前台的姐姐笑眯眯地看着我："上车吧，我送你！"

　　我永远也不会忘记她那真诚的笑容。

错过

我呆滞了好久，才按下了数字，电梯照常运行起来。心头有些酸，或许能成为好友的两人，就这样擦肩而过了。不过，或许命运之绳还会让我们相逢的吧？我默念着那个层数，走出了电梯。

已经是秋末冬初的时节了。一朝一夕之间，寒意已降临这个城市。尽管从迷失在风中的绿叶中仍看不出什么与往日的不同。

唯有到下午，接近傍晚时分，厚重的、严密包裹着我的衣衫才显得多余。我也不甚在意，脱下两件，搭在肩头，夹在臂弯，手中还拎着几包杂物。

步履轻快地在有几片落叶的地面上摩擦着，直到我进入电梯。

那里站着的，是一位年纪与我相仿的女孩，捧着书，梳着清秀的长马尾，直垂在宽松的校服上。额前几缕碎发，短而细，露出额头来。可对初次见面且陌生的她，我怎敢

123

长久地凝视呢？先前的，不过是一扫而过的直观印象罢了。

我有些忐忑地挪进电梯，想到自己如今正一副不雅如难民般的模样，懊悔起来。我急忙按了楼层，一个大步退至后方，而她正立在近门的一侧。从侧面，我打量着她，她瞥了我一眼。无论如何，她也是同栋的邻居，我立即笑了笑。只可惜她的一眼仅是一个简单而短暂的动作，并未浏览到我的友善。她继续翻着书。

电梯开始了运行。我所住的楼层并不高。所以我安慰自己，这窒息的尴尬马上就要结束了。视线不禁落在了那本书上。看见熟悉的书名的一霎，心里有些激动。这正是一本我十分喜爱的书。想到搬来小区已6年有余了，仍未有几个朋友，我冒出了一股冲动，想上前与她搭话。

可我却在重要的关头踌躇了。或许，等到我要出电梯时再说更好些，我想着。

谁料，在此时，熟悉的电梯铃声响起了。我呆了呆，下意识地看了眼楼层，原来已到了顶楼。而我之前或许太慌乱而没按到我的楼层吧。门缓缓打开了，我却无从开口。她会如何看待一个"莫名其妙"的我呢？经过疑惑眼神的审视后，我扭开了头。余光中，电梯门又关上了。

我呆滞了好久，才按下了数字，电梯照常运行起来。心头有些酸，或许能成为好友的两人，就这样擦肩而过了。不过，或许命运之绳还会让我们相逢的吧？我默念着那个层数，走出了电梯。

地震

学校按时上课，教室里老师的讲课声十分明显突出，安静的课堂只有翻动书本的声音。风声从窗外响起，呼呼渐响，有的人听到了转过头去，又在转瞬间回到了课堂，大家都以为那是普通的一阵春风。

深圳这座城市，处于亚地震带上，却从未经历过地震之灾。居住于这里的民众们忘记了担忧，怀着十分的安全感度过每一个灿烂的日子。

有一天，我居然梦到了地震。

那天也是和平常一样的场景，在昏黑的清晨醒来后的我，在困倦与迷茫中抵达校园。学校按时上课，教室里老师的讲课声十分明显突出，安静的课堂只有翻动书本的声音。风声从窗外响起，呼呼渐响，有的人听到了转过头去，又在转瞬间回到了课堂，大家都以为那是普通的一阵春风。

时间不知过去了多久，风的声音在耳边

盘旋作响，空气有如凝固一般使人燥热。黑板上的板书让我双眼酸痛，我忍不住闭上了眼睛，"啪"，教室的宁静被这不大不小的响声打断。我慌忙睁开眼，大家回过头去，惊讶之声四起，原来是墙上的钟掉落了下来。

很快，我们便感受到了脚下地板的震动，头顶的天花板发出坚硬而冷酷的碰撞声，仿佛是死神的脚步。懵了的同学们站起来，惊恐的眼神来不及对视，便听到一声带着哭腔的"快跑啊"，不知何处坍塌的巨响传来，我们的脚都是软的，可在此刻，我们必须奔跑。

我哆嗦着跑向楼梯，一根又粗又长的金属管子向我砸来，那个瞬间我来不及闪避，眼前是一片黑暗，我便没有了意识。

不知道过了多久，我才苏醒。只记得醒来的时候，我的身体依偎在父亲的怀抱里。在阳光的照耀下，他的脸庞显得更加俊朗。日子一天天过去了，每当我想起那幅画面，我的心瞬间变得温暖起来。

挑战

从树的密影中走出，步伐是不敢放慢丝毫的，心脏怦怦地跳动着，因为此时耳畔环绕的，正是预备铃的声音。这堂体育课是800米长跑，心中对长跑的畏惧与紧张结成了一条锁链，拖拽着我的脚步。

正午的阳光，不经遮掩地直射下来。操场前大片的白色瓷砖反射出刺目而令人眩晕的光芒。

从树的密影中走出，步伐是不敢放慢丝毫的，心脏怦怦地跳动着，因为此时耳畔环绕的，正是预备铃的声音。这堂体育课是800米长跑，心中对长跑的畏惧与紧张结成了一条锁链，拖拽着我的脚步。

褪色的暗红跑道上，零零碎碎的人影已集中在一端。接下来进行的一切，恍若都缩成了一瞬，当我还在恍惚时，女生们已蜂拥在跑道上了。

哨声尖锐地响起，又随即湮没在最初那

些矫健有力而充满速度的脚步声中。渐渐地，队伍的顺序也凌乱起来，我的心正努力地去平静，但还是十分焦虑与不安。老师们传授的种种技巧，一排排从眼前滑过，可要施行起来，却是那么困难。我不住地告诉自己，要努力地跟上队伍，最后的确成功地跻身前列了。

可若要保持，又何尝容易呢？

刺眼的阳光丝毫没有收敛的意思，照在被汗水灼伤的肌肤上，顺着额角淌下的晶莹汗水肆意地流着。我开始无法控制自己的呼吸，大口大口地喘息，我只感到脚步虚浮而飘渺，而口干舌燥如同火烧一般，还有眼前的空气，也不复清新，化作了滚滚热流。

快到终点的时候，我只剩下一个念头，我一定要冲到终点，绝对不能落后！

绝对不能。

因为，我已经拼尽力量冲到这里了啊！

我感受到自己急促的喘息，腿部的生涩的酸痛，给我一种它已脱离身体的错觉。谁知，到了此时，眼前却闪过一些画面——那还是穿着小学校服的我，失落地站在跑道上哭泣的情景。

明明，我是那么努力了啊，为什么，却总是落在队伍之末？

前方的女同学带着喘含糊地喊了一声："加油。"

那一瞬间，我有了一种莫名的触动。我当然已有着体力不支的自知，也感受到了速度的渐缓。可是，此时此刻，我前方那些身影，正与我一同前进着。我并非独自一人。我正奔跑着，正如同攀爬高山的人们，仅是为了在山巅迎接冉冉升起的红日。磨难是一座山，你须翻过一座又一座，你可以休息，但你不能停止，不能放弃。

所以，哪怕我正感到无比的痛苦与煎熬，我可以休息，但我绝对不会停下脚步。

终于，登山者到达了顶峰，而我，也跨越了我的那道挑战。

终于抵达终点了。

之前所积压的一切如千斤重般压倒了我，我的双腿弯了下去，再也站立不了，我直接坐在了脏兮兮的地上。

"啊，天啊，太热了！"炎热的日照，热烘烘的风，遍体的汗水，发酸、发软的双腿——我想呐喊着咒骂这天气，谴责这苦楚。

可在那之前，让我先为自己鼓掌。

满屋欢乐

弹奏出的，是杂乱无章、丝毫不动听的"曲"。可每到那时，外公外婆会全心沉浸于其中，正在干家务的舅妈也献上掌声。有那样热诚地为你欢欣的人存在，至今一想，心中也满是暖意。

记忆时常跃过那暗橙色的公寓墙，从那间告别已久的房子里，飞到我的心中。那是最温暖的，却无奈的想念。

那是一间一百余平米的公寓，住着我们六口人。我从出生便居住于此，并且住了六年，我总是印象深刻的。

躺在床上，闭上双眼，我仿佛还可以想象那里的情景——每天早晨不间断的是马路上的杂音，直接闯入我的被窝，更甚的是房门外的声响，更令我烦闷：爸爸妈妈的对话声，外婆与舅妈炒菜的声音，还有外公打开电视看新闻的声响。那所房子时刻都是热热闹闹的。

　　幼儿园之后在家中的时光，我已忘记具体的细节，却仍记着我坐在老旧的钢琴上不耐烦地练习的场景。弹奏出的，是杂乱无章、丝毫不动听的"曲"。可每当那时，外公外婆会全心沉浸于其中，正在干家务的舅妈也献上掌声。有那样热诚地为你欢欣的人存在，至今一想，心中也满是暖意。

　　印象极深的，是我赌气不吃饭时，一个人藏匿于沙发与阳台门间极狭窄的缝隙中，把头埋在黑暗里。但心中已有了近乎肯定的期待，知道舅妈一定会来劝慰我，还带着饭食，不过是背着正气头上的爸妈。在狭缝的挤压中吃着凉掉一半的饭菜的我，心里充满了幼稚的悲壮与幸福之情。

　　饭后闲时，我正在床铺上休息玩耍，他们便也随意进入，有时只是倚靠在各处谈谈天。说得最多的无非是几位亲戚的近况。起初我并不爱听，可后来也逐渐津津有味地听起来。时不时发表自以为是的见解，引得一阵大笑。

　　若是要回忆快乐的事，恐怕是不尽的。因此，我深深地想念着某一处，满屋的快乐，那许是最无忧的时光了。

　　我想念的，或许不仅如此，更是童年时光的纯粹与悠然，还有那与亲人们共聚的美好时光。

受
伤
的
蝴
蝶

　　那只受了伤的蝴蝶缓慢地飞了
起来，却又不太稳当，摇摇晃晃地
起飞了。转了个身，它渐渐在空中
转起了圈，薄薄的翅膀在阳光下散
发出耀眼的光芒，孩子们也拍掌欢
呼起来。这一定是一个最美丽的、人
与自然和谐相处的瞬间，是人性之
美与生命信念所激发的强大力量。

　　在一个炎热的午后，炽热的艳阳高照在
蔚蓝的天空中。我来到公园，漫步在能给予
我些许凉爽的绿荫下。

　　风儿一阵阵拂过面庞，树木婀娜的身姿
轻柔地摇摆着，在大自然低浅的吟唱中，一
切都是那样赏心悦目，令人心旷神怡。各种
各样的小动物们也嬉闹着，在这生机勃勃的
地方，鸟儿扑腾着饱满的羽翼，欢快地齐声
歌唱；蚂蚁齐心协力地搬动着觅来的食物；
蝉悠闲地待在树上，热闹地议论着。几片枯
黄的树叶正散落在泥土中，空气中弥漫阵阵
花的清香，远处的溪水也欢乐地流淌着，与
这充满生机的大自然互相唱和。

　　我的心中溢满了无言的欢喜，提起脚步，正欲前进时，却忽然看见令我新奇的一幕：一只蝴蝶被缠绕在灌木间的一张蜘蛛网上。那只可怜的小生灵看起来是那样的弱小，薄薄的蝶翼在阳光下颤动着，娇小的身躯正拼命地挣扎着，它试图扑腾自己的翅膀，可那微小的力量在蜘蛛网强大的黏性下往往是无济于事的。渐渐地，它的动作越发轻而缓慢了，仿佛已经放弃了生的希望，唯有它的两只触角还在隐约颤动着，不知是不是因恐惧而战栗着。一阵惋惜与伤感从我心底油然而生，又有一个娇嫩的生命要逝去了吗？想象着这只无辜的小蝴蝶曾经在花丛中充满活力飞舞的样子，我更感到一阵难过。可是这便是大自然的生存规律，我怎能去打破呢？

　　我又向前走去，原本美好的心情黯淡了许多。忽然间，听见几个稚嫩动听的声音在背后响起，我一惊，赶忙转回头，只见一群玩耍的孩子面对着那只蝴蝶指指点点。"看！一只小蝴蝶！"一个小女孩嚷道，"可是它好像被困住了！""我们得帮它才行。"他们严肃而热烈地讨论起来，我在一旁呆呆地看着，被他们的执着认真折服。终于，他们决定用木棒将网挑破，一番忙乱之后，他们居然成功了！

　　那只受了伤的蝴蝶缓慢地飞了起来，却又不太稳当，但还是摇摇晃晃地起飞了。转了个身，它渐渐在空中转起了圈，薄薄的翅膀在阳光下散发出耀眼的光芒，孩子们也拍掌欢呼起来。这一定是一个最美丽的、人与自然和谐相处的瞬间，是人性之美与生命信念所激发的强大力量。这一幕给予我如此之多的感动，也深深触动了我的内心，当初，我就应该去解救那只小蝴蝶！

散
步

在一个分岔路口，我踏上了人少的栈道，只因为上面七彩的灯光过于美丽。撑在栈道的栏杆上向下俯视，下面是涌来涌去不停歇的人群。我时而感觉自己像那些温暖欢愉的局外人，时而感觉自己像是鸡群中高立着的仙鹤。

　　我喜欢散步，这是生活中无须约定的日常项目，是晚饭后踩进洞洞鞋不需思索的举动。小时候，我和爸爸妈妈一圈圈地走着，那个时候我不停地对他们说我编造出来的故事，我在班级里喜欢的或是讨厌的人，我说我对恋爱、对结婚的看法……哪怕我们都在说着彼此听完就忘的话语，但那些夜晚里，我知道我是被倾听的。那些我亲自走出来的路，我的脑海里必然是留有痕迹的，这些痕迹不是腿脚的疲惫，而是一些散步时交谈的片段。这些语言，有许多我的倾听者早就已经忘记了，可是我不会忘记，我怎么会忘记我自己的一部分呢？散步总是充满生机的，不只是走近大自然的生命，不只是身体新陈代谢，还有我发出自己的声音。我不知道这个世界有没有记住我的声音，但是我自己说出来了，所以我记住了。散步，绝不是无声地行路，在我心中是有音量的，它是我的心灵在漫步。

后来的某一天起，"下楼走走"已经不是一个家庭活动，也不是我讲故事的舞台，而是爸爸为了我的健康而发出的哀求。

上个星期的一个晚上，鼻塞的我为了呼吸新鲜空气决定去周围新开的公园逛逛。我拒绝了爸爸同行的请求，于是他把我送出门，看着我进了电梯。

那个晚上，我把散步当作一个很郑重的尝试，像是面对一个陌生人。走到家门口公园入口处的斜坡上，我才意识到，原来工作日的夜晚也会有这么多人散步。戴着耳机，我听不到夏虫的叫声，可我的眼睛四处看着。我观察着每一个人的脸，他们的表情，他们的衣装和走路的姿势。似乎没有像我一般大的人在这样的晚上来逛公园。我走着，我走在人潮中，和许多人走在同一个方向，可我感觉我是走在自己一个人的世界里。谁会像我一样东张西望，满腹心事？在一个分岔路口，我踏上了人少的栈道，只因为上面七彩的灯光过于美丽。撑在栈道的栏杆上向下俯视，下面是涌来涌去不停歇的人群。我时而感觉自己像那些温暖欢愉的局外人，时而感觉自己像是鸡群中高立着的仙鹤。

待了一阵子，我走下阶梯，又回到了原本的路上。总是不停地有人从我的身侧穿行过来，擦身过去。我突然想要摘下耳机，于是许许多多人世间的声音涌进我的耳朵里。就像是播放列表里的又一首歌曲，我很熟悉地接纳了这些声音——我听不清他们在说些什么，我却听出我熟悉的散步的声音：是人与人交谈的声音，伴随着轻轻的脚步声。我的脚步随着他们高高低低的对话声轻快起来。可是这个夜晚的我不是一个散步者，我不是他们中的一员。我还是戴上了我的耳机，音乐响起来了，我的脚步现在改为受音乐节拍主导了。我又开始四处打量起来，没有一个地方是不新奇的。我仰着头，又想回到我刚才站立的发着光的栈道上去了。

我身上已经被夏夜闷出一身汗了，呼吸通畅了许多。耳机里的音乐还在继续着，我向人群走去。其实他们并非都在与彼此对话，就算有的人在说着话，许多也都是无关紧要的内容，但他们都在享受着和身边人一同行走。近处和远处的人们走着，就像永远不会停歇一样，没有人像我一样就要毫无留念地离开了。我有几分羡慕被人群牵绊住的人，也有一些庆幸，现在还没到我成为这人群中的一分子的时候，我是这样自由。在这晚，我细细地端详了这么多行人的脸庞，和他们有了无言的交集，我想问问自己，这样可不可以算是散了一晚上步了？我暂时没有答案。我唯一确定的是，等我到家的时候，爸爸会为我开门。

然后，我慢慢地走向了回家的路。

悠悠师友

毕业致辞

我张口，将早已烂熟于心的台词朗朗读出。全场蓦然静下来，只看见同学们激动的脸庞，老师难掩欢喜之色，低年级的同学充满向往与赞叹的神情。

回想起那个记忆里的夏天，几乎模糊得踪迹难寻。

可总有几个时刻，或许是我毕生难忘。

蝉窝在树叶深处日复一日地鸣叫着，下不完的大雨一直缠绵在城市上空。气氛总有些压抑。六年情谊，剩下的日子早已屈指可数。毕业典礼已经开始筹备了。没有人能够让时间停止，也没有人能预料下一秒必然发生的事情。

那天下午，班主任老师将我叫到办公室，开门见山地告诉我："请你准备一下，毕业典礼代表全体毕业生致辞。"简单而又直接地下了指示，我又怎能拒绝？

那一刻，我心中是百感交集的，每年看见毕业生致辞的风采时，我并非毫无期待，心里充满着向往。可是，我一直是一个容易紧张、怯场的人。

没有多余的时间，我立即开始写稿，背稿，一遍遍地练习。时常能听见深夜里我抑扬顿挫的朗诵声。时间继续飞逝着。

那一天终于在漫长的等待中姗姗来迟。

那是艳阳高照的一日，或许阳光想为离别的人们拂去些许哀伤。

我扎上高马尾，穿上整洁的礼服，高高昂首。可谁会知道，我的心在为了十几分钟后的某一个时刻疯狂颤抖。

主持人念起开场辞，嘉宾们一个个入了座，校长发言……我的心跳愈来愈快，仿佛失了控制，终于，我听见了话筒中传来我的名字。

我深吸一口气，踏上了朱红色的主席台，一旁的主任热心地让我坐下来，我心中万分感激，双腿已不住地打战。

我看向台下，班级里的同学们眼中正闪闪发光，好友们不住地冲我微笑，竖起拇指，骄傲之色难掩。我的老师们也纷纷微笑起来，双眸中溢满了自豪。我张口，将早已烂熟于心的台词朗朗读出。全场蓦然静下来，只看见同学们激动的脸庞，老师难掩欢喜之色，低年级的同学充满向往与赞叹的神情。

最后一句读完，我手心全都湿透了，心却释然了。全场爆发出如雷的掌声。所有的感动在那一刻化作滴滴泪水，濡湿我的眼眶。

那是我永远难忘的时刻。

初中时光

> 当下课铃声响起，我怀着无比欢乐的心情，拉上几位好友，冲下楼去，直奔食堂，这里有美味的午餐等着我们。整栋楼散发着食物的喷香，也溢满了快乐的气息。

时光飞逝，转眼间，我与小学的时光匆匆挥别，迈入了初中的校园。沐浴着初春崭新的空气，我怀抱着一颗激动的心，来到了我的初中深圳外国语学校——这个我即将度过三个春秋的地方。

起初，对这儿早有耳闻的我一直担忧着，在这样一所名校，是否会有巨大的学习压力呢？忐忑不安，紧张不已。然而，一转眼，已过了大半个学期了，我终于对初中生活有了更多的感悟与理解。

这里不愧于名校的称号，校风严明。初中的课堂也是无比精彩的。尤其引人入胜的是地理课，老师深厚娴熟的教导总能引领我们去探索地球的每一个角落。我们所学习的科目都是充满乐趣的。在所有课堂上，整个班级都充满了学习的氛围。与小学时不同了，语文课上，只听到一片细小的摩擦声——人人都奋力记着笔记，没有一个人松懈。

除了学习，我们还有丰富多彩的活动，如体育节、外语节。体育节上，同学们一个个奋力地拼搏着，充满了斗志。没有比赛项目的同学们也热情地助威，整个班的气氛和谐而温暖。

然而，最令我喜爱的，还是每日午饭的时间。第五节课还未结束，我便开始从心中倒计时，急切地期盼着下课铃的响起。当下课铃声响起，我怀着无比欢乐的心情，拉上几位好友，冲下楼去，直奔食堂，这里有美味的午餐等着我们。整栋楼散发着食物的喷香，也溢满了快乐的气息。

印象最深的一次，教学楼外下起了雨，起初，仅仅是几丝毛毛雨，渐渐地，雨下得越发大了，身旁的两个同学也焦急万分：这下如何去食堂呢？忽然，一个绰号叫"小伙子"的女同学脱下了她的外套，披在我们头上，大喊了一声："快跑！"我们便不假思索左冲右撞地冲过去了，到了没雨的地方，大家相视而笑，看着她身上的雨水与被雨淋湿的外套，我内心满是感动与温暖。

深外生活真美好！我不但获得了丰富的知识，更收获了快乐与友情。

深外回眸

初中与小学有着许多的不同，初中是一个十分重要的、更为关键的阶段，是从幼稚走向成熟的阶梯，是从玩耍走向拼搏的转折，更是从儿童成长为少年的阶段。因此，我相信新的学校一定会为我们创造一片自由成长、身心健康的天空。

　　转眼间，我已经在新学校度过了一周的时光了。

　　我的新学校是深圳的名校"深圳外国语学校"。这是许多人梦寐以求的好学校。而经历千辛万苦的我，也终于考上了期待已久的深外。欣喜兴奋之余，我也隐隐感受到了几分压力，还有几分新奇。

　　回想起开学那天，我背着空空荡荡、轻如鸿毛的新书包，怀揣着一颗兴奋而忐忑的心，踏入了校门。望着校园宽敞明亮的建筑，望着四周和善的老师们，望着擦肩而过的许多陌生面孔……我终于确信这并非一场梦——我真真正正来到了为之付出许多汗水的深圳外国语学校。

这是一个环境优美的大校园。由于学校旧校区拆迁，如今学校搬到了泥岗。尽管路途遥远，可校园环境十分宁静，贴近大自然。周围充满了绿化，教学楼窗明几净，整洁利落，洋溢着浓郁的学习氛围。观赏了校园后，我感到神清气爽，看着学习劲头充足的同学们，我仿佛也获得了许多动力。

班级里的同学们都是来自于各个学校的精英，各方面都十分的优秀，我感受到了巨大的压力。在这样一个校园里，我一定得时刻拼搏，不能松懈，才能取得好成绩。同学们都十分善良、团结，因此我也交到了许多新朋友。

初中与小学有着许多的不同，初中是一个十分重要的、更为关键的阶段，是从幼稚走向成熟的阶梯，是从玩耍走向拼搏的转折，更是从儿童成长为少年的阶段。因此，我相信新的学校一定会为我们创造一片自由成长、身心健康的天空。

在最后，我决定认真地听每一节课，学习更多的知识。但愿我的初中生活会越来越多姿多彩。

复仇

午后阳光黯淡下去，我心中萌发出一阵强烈的欲望。我走到她座位边上，使出一股极大的"力气"踢倒她的椅子，那一瞬间，我心中无疑是酣畅爽快的，这种情绪已经积压了太久。

那一年七月的开端，我小学毕业了。六年的时光，已然远逝在这个炎热的夏季，我将面对离别，蝉鸣声扰人心弦。沾着雨水的绿叶相互摩擦，发出声响，一派朝气蓬勃的样子。只是，再灿烂的阳光，也无法填补同学们眼底的寂寞。

我支起手肘，翻看那时的合照。眼中所见的，是小学时那个熟悉无比的班级。他们似乎还是照常笑着。一张张舒展开的面孔，有的是我所厌恶的"仇敌"，也有我的好友。我仿佛发现，那些复杂的情感正随着天空中洒下的暖阳消融了，化作淡淡的怀念与释然，流淌着。

　　直到我看见她——我所厌恶的"仇敌"的面孔。啊，正是我最不喜欢的那张脸，是总与我发生冲突的那个人，是会对着我大声吼叫的那个人，是不顾我感受的、自私自利的那个人。我总在一味地忍耐着，这个脾气火爆的女生给我带来了太多的不快。

　　还记得某天上午，在教室里的一场口角，我一直难以释怀，最后不欢而散。正在我烦恼时，我听见了那有些跳脱的脚步声，我便知道是她正走来。心绷紧成一条直直的线，不安与尴尬的情绪拧结着。脚步声愈发大了，我用余光瞥见她白色的身影，来不及反应，我便听到她摔落我几本书的声音。她的背影，从我身边飘过。可我的心中，却不再平静，我多么想大声宣泄心中的怒火。可是，我却呆住了。四周的同学在做着自己的事情，谁又会理会我？我僵硬地坐下来，轻轻捡起自己的书本，继续沉默地坐着。她似乎打量了我几眼，我依旧坐着，垂下头，尽力做出冷漠的样子。

　　那天的下午，我走得格外晚——并不想与她碰面。午后的阳光黯淡下去，我的心中萌发出一阵强烈的欲望。我走到她的座位边上，使出一股极大的"力气"踢倒她的椅子，那一瞬间，我心中无疑是酣畅爽快的，这种情绪已经积压了太久。可我突然有些害怕了，我冲回座位，背上书包，飞奔出去。

　　回到家中，已是傍晚。打开了电脑，见一条消息弹出来："有些事，对不起！"

　　我不禁吃惊了。原来，她也会明白啊。可是……

　　我想到自己也有诸多错处，犹豫许久后，我也回复了她。尽管带着几分不情愿，可我想，那些不愉快，就到此终结了吧。

军训回忆（二则）

尽管这只是件微不足道的事，却又那样珍贵。它体现了同学们之间的真情与关爱。我永远也忘不了那段珍贵的日子，那段令我们成长的美好回忆。

之一

在初一开学的几个星期后，我们来到一个基地进行为期四天的军训。对于从未军训过的我而言，这是一项期待已久的活动。终于，我们背上行装，坐上了前往基地的巴士。

一路上，充满了同学们的欢声笑语。然而，我们并没有想象到军训的艰苦。经过漫长的等待，我们到达了这个即将生活四天的地方。

中午，我们各自回到宿舍，整理内务。房间很窄，也并不卫生。可我们也没有太高的期望，便欣然接受了。我们马上开始叠被子，可效果不佳，都叠得歪歪扭扭的，当时却并不在意。下午教官前来检查，我们得意洋洋地等待他的表扬。却不料他将我们批评了一顿，找出许多不足之处，还罚我们趴在粗糙的地上做平板支撑。起初，双手并没有感觉。渐渐地，我感觉一粒粒碎沙仿佛嵌入手心，真是疼痛。只见教官面不改色地盯着我们，丝毫无怜悯之意。趴了好一会儿，教官终于允许我们站起来了，那时，手已经撑得通红，上面有一个又一个的印子。我终于尝到了军训的苦头，然而还有三天等着我们。心头一紧，不禁一阵绝望。

　　然而，夜晚来临之时，总也有许多令我感动的片段。我们训练到很晚，回到宿舍，已快要熄灯了。却还要写五百字的军训日记。熄灯之后，大家打开手电筒来赶日记。我也疲惫地趴在床上奋笔疾书着。只听见同学们互相借纸笔、共享手电筒的轻微对话声。还时不时有人向大家传递消息："检查的教官来了！快把手电筒收好！"一阵响动后，屋内又恢复了平静、黑暗的样子。

　　尽管这只是件微不足道的事，却又那样珍贵。它体现了同学们之间的真情与关爱。我永远也忘不了那段珍贵的日子，那段令我们成长的美好回忆。

之二

　　骄阳似火，烈日当空。汗水从毛孔中沁出，一点点湿透校服。倘若将自己比作一口巨大的锅，那刺眼的阳光便是炙烤着我们的炉火，那汗水便是滴滴浮现的水蒸气。

炎热紧紧包围着人群，让你喘不过气来，让你无处躲闪，让你几近窒息。

身是热的，心也是热的。那里正蔓延着怒火。

"这个军训也太辛苦了！""就是咯。"已有人低声议论起来。

我们头顶着大太阳，忍受着炎热的天气，还要忍受教官责备，完成一项项"挑战"。上午，我们进行"信任背摔"，所幸耗费体力不大，可磨人的热度却令人顿生退意，原本有些有趣的活动也成了层层负担，压迫着我们的心。只期盼时间再快些过，让我回到有凉爽空调、柔软座位的车上。

草草吃了午饭，我们又被召集在一处操场上，午后的太阳更加炽热了，汗水恣情流淌，殊不知在身上已变为疼意丝丝。抱怨声小了下来——我们都累了。

教官有力而英武的声音通过话筒传来，煽情地、激昂地说了一番话。言下之意就是，今天的最后一项挑战，也是最艰巨的一项，即将开始。他说着，而我们也被允许坐在滚烫的操场上，起初仍有些不适，不过很快便麻木了。

他的嗓音雄浑，却丝毫无法让我提起精神，我弓身，抱着双腿，只想把脸埋在双腿间最后的阴影里。我有一句没一句地"聆听"着，昏昏沉沉。

忽然，我犹如被电击了一下，一下子坐直起来。"四点二米的墙"这几个字，我是准确无误地听清楚了。又凝神听了片刻，我立即明白，今天要爬的，即是眼前这绿色的木墙。

仔细看看，木墙高度并不高。只是上面没有任何绳索、阶梯，光溜溜的。

我们要搭人梯。

几番指导后，教官一声令下，站得较前的一个男生很快投入了行动。他蹲下来，一个同学踩在他肩上，摇摇晃晃地站住了，墙头上的教官伸长手来拉住同学，终于，一大一小两只手对接上了。男生轮流着充当人梯，一位又一位同学被拉上了墙头。很快，一个个同学通过我们的"人梯"顺利地翻越木墙，一个、两个……最后只剩下充当人梯的那个同学。那位同学按教官的指令，紧紧抓住被墙上同学们握住双脚倒垂下来的一位同学的手，也被拉到墙上去了。

看着同学们额角的汗珠和湿透的衣服，我的心，刹那间被感动了。

梦中的陈柳老师

在紧张的考试当中，我脑海里时常浮现出陈柳老师温和而从容的面庞。收到深外录取通知时，我欣喜地哭了，这不单是我一人的努力，其中更有陈老师辛劳的汗水。

喜悦的泪水从我的脸庞上流下，伴随着无限的欣慰，无尽的感动。心中也充满了深深的感激之情。

我终于考上了我期待已久的中学。

一年之前，我开始兴奋而又忐忑地投入到中学考试的准备当中。开始报名参加各种各样的培训与课程。数学并不是我的强项，然而，这却也是决定我成绩的重要科目。我忐忑不安地走入数学的课堂，颤抖着、迷茫着、恐惧着，感到一阵紧张，一阵不安。

陈柳老师明亮柔和的面庞出现在我眼前，带着浅浅的微笑、温暖的嗓音。她注视着这里每一个学生的面庞，笃定的眼神仿佛告诉我们，你们可以成功。我稍微感到安心，于是投入到了紧张而又有序的学习当中。她的课堂是严肃又不失活泼的，总能与我们有很好的交流。可我却被考试的压力困扰着，日夜难以平静，上课之时也频频走神。看着周围的同学们流利、快速地回答老师的提问，我又感到烦乱而空虚，渐渐地，我大大地退步。

一天下课后，我独自一人走出了教室，怀揣着满腹的困惑。不料此时陈柳老师从教室里走了出来，说要与我谈话。我一阵难堪，却只得回过头去。她温柔地告诉我，学不好数学是可以解决的，希望我不要过于紧张，与她一同努力，将不会的题目弄懂。看着她坚定的眼神，我忽然间安心下来，点了点头，仿佛得到了最真诚的肯定。

临近考试，我的心悬到了嗓子眼，却不再那么自卑了，我有序地安排着每一天的学习。我每天都去参加数学的培训，进步着。时常与老师一同讨论数学的难题。考试前一夜，我还打电话给陈柳老师请教题目，听见她一如既往那么沉静的嗓音，我也淡定许多，她说："你行的！加油！"这鼓励的话语，让我感动万分。

终于，我忐忑不安地来到了考场……在紧张的考试当中，我脑海里时常浮现出陈柳老师温和而从容的面庞。

收到深外录取通知时，我欣喜地哭了，这不单是我一人的努力，其中更有陈柳老师辛劳的汗水。

那一次考试，我真感动，日积月累的汗水终于换来了沉甸甸的收获，不仅是成绩，更是真情。

多年来，我常常梦到陈柳老师，她的脸庞还是那么明亮柔和。

好友小萍

　　小萍是一个老实又安静的女
孩，与我吵吵闹闹的性格有些不相
宜。可因为在同个小区一起长大，
感情却十分深厚。她的眼眸十分深
邃，总是安安静静的，我蹦蹦跳
跳，与她一起时显得有些突兀。

　　在我短暂的小学时光中，有些事情，令
我至今记忆犹新。

　　还记得，当初，我是与我的发小小萍一
起上的小学。

　　小萍是一个老实又安静的女孩，与我吵
吵闹闹的性格有些不相宜。可因为在同个小
区一起长大，感情却十分深厚。她的眼眸十
分深邃，她总是安安静静的，我蹦蹦跳跳，
与她一起时显得有些突兀。

　　2007年的时候，我拉着她的小手走进小
学校园，说笑间看见她眼底绽放的光芒，
问："你喜欢这所学校吗？"她小声应和，
我却摇头："这儿有什么好玩的。"她眼里

涌动着希望的光芒，笑着，那样好看："我喜欢上学。"转身看了名单，得知我与她在一个班时，我欣喜若狂，手舞足蹈，她也激动地跳起来。

时光飞逝，记忆来到五年级的时候，尽管她一直优秀，但那时我才真正看见她身上的光芒。

我们开始预备小升初，分班后，成绩平平的我与名列前茅的她分到了两个不同的班级，她走时很不舍。我却并不难受，心中实则不希望与她一起。因为一直被她的光芒所覆盖，我十分不快，却无能为力。终于，我可以释放出来了。

那时，寒冬即将离去，春花正在复苏。

由于各自忙于学业，在一起的时间也少了，尤其是我，对于一向不如她的成绩十分不服气，日夜都十分努力。终于，那一次考试，我在全年级超过了她，名列前茅。大家都很惊讶，她却没有跑来问我。终于，两天后的评讲课时，两个班一起上课，我见到了她。她梳着整齐的马尾，一如既往地安静着，挺立地坐着。我也挺立地坐着，在离她很远的地方。整节课过了，相安无事。

下课后，我收拾东西准备离校，低头间听见旁边女生的闲语："哎，你们说，她和那个小萍是不是吵架了啊？""因为考试喽！唉……"我心中有隐隐的痛与莫名的愧疚，猛地一抬头，只见小萍正站在一旁，盯着她们。发现了我的目光，她忽然冲上来紧紧抱着我。我一惊，只听她带着笑意的声音说道："我就知道，你这么努力，一定行的。"

果然还是那样，惜字如金啊。

我的一切愤懑、不满顷刻消失了，却忍不住落下泪来。

这世间有许多东西，我们在追求着，可落泪的那一刹那，我终于明白我真正想要的，是什么。

课堂速写（三则）

阅读，应当是一件自主的、使人陶醉的趣事，而当我处于一个压迫式的阅读环境中，阅读的趣味就大大地减少了。所幸，来到这个全新的英文阅读课堂，老师巧妙地调动了全班同学对阅读与分析文章的热情。当有伙伴一同进步时，我们总会被调动出一种竞争似的积极性。

一、地理课

熟悉的上课铃一响起，散落在学校各处的同学们陆续回到各自的教室。

而我与同伴们正手捧零食，优哉游哉地向教室"漫步"而去。

"喂，这样迟到真的没问题？"

"担心什么？反正是地理。"

反正是地理。

初一上学期，第一节地理课前，我与刚混熟的女生激烈地讨论着，猜测着，这会是怎样的一个老师呢？

他会不会戴着充满书卷气的眼镜，文质

彬彬？

他会不会有着温暖动人的笑容？

他会不会是一个幽默爽朗的好老师，让我们爱上这门学科？

两秒钟之后，我满心的幻想皆化作了泡沫——一个高高瘦瘦的中年男子迈了进来，皮肤黝黑，脸上还有岁月的痕迹。倒是一双乌黑的眼睛满是神采。他雄浑中略带沧桑的嗓音响起，顾不上扼腕叹息，面对第一节地理课，我打起了十二分精神，在崭新的书本上用各种颜色的笔一笔一画，一撇一捺，仔细认真地做好笔记和标记。以至于有一天我偶然翻起那本书时，心中惊诧——仅仅过去了一年不到，我的认真却是已不剩几分了。

是啊，在往后的地理课上，我渐渐不那么认真了，或许是因为老师十年如一日的沉闷语调，或许是因为繁杂的知识点，也或许是因为我心中那个日渐懒惰的心魔。书上也没有了我的笔迹，地理课也成了用来写作业的大好时光。

于是，你会看见，在课堂上，高大挺拔的地理老师专心致志地讲课，而台下许多人正认真赶着作业，气氛十分和谐。

当惨不忍睹的地理试卷落在我的桌面上，敲起警钟阵阵时，我才意识到，不能再这么散漫下去了。

于是，我又将自己逼到了刚开学时的境地，书上的笔记也渐渐多了起来。

于是，你会发现，认真地对待这门课后，一切也不再那么枯燥无味了，时间也过得快起来。

尽管我还遗下了许多知识，但我坚信我会尽力拾回。

二、英语课

学校里的生活总是一日如一日的，可我若是说有几分喜欢上学的时光，那必定是三分对学习的热忱，七分，都是因为同学之间有趣的氛围。

十点四十五分，英语课拉开序幕。在老师的注目下，六个人走进了教室。英语课是让人紧张的课堂，因为每个人都要展示自己对作品的理解。然而，这也是充满趣味的课堂，在这里，我们从最初的胆怯、羞于发言，到了如今的缜密思考、大胆发言。复杂的作品给了我们些许的压力，尽管如此，那个把小时的沉静下来，坐在书桌前的读书是最有意义的。

阅读，应当是一件自主的、使人陶醉的趣事，而当我处于一个压迫式的阅读环境中，阅读的趣味就大大地减少了。所幸，来到这个全新的英文阅读课堂，老师巧妙地调动了全班同学对阅读与分析文章的热情。当有伙伴一同进步时，我们总会被调动出一种竞争似的积极性。

我们摒弃了传统课堂中怯于反驳的唯唯诺诺，老师极力鼓励我们与文章作者提出相反的声音。针对一个问题时，同学间的分歧也会带来一场场激烈的辩论。不同的意见并不需要最后取得一个统一，而是，那瞬间灵感的碰撞便会带来无数的收益。

课堂，究竟如何定义？是一个让人执笔挥洒，勇于尝试，而又满怀欢乐的地方。

三、语言课

我走在上学的路上，今天是新学期的第一天。低头看一眼手表，已经离集合的时间所剩无几了。我开始小跑起来。到达了校门附近时，门卫对我微笑着，双眼边的皱纹也掀起波澜："快走吧，都这么晚了。"我扬起脸笑着应答，快步走进校园。大厅被人群所填满，许多许久未见的外国老师也处在其中。戴维斯先生用他那一向正式而富有磁性的嗓音问候我："见到你真开心，希望你顺利找到自己的房间和楼层。"匆匆道谢之后，我走上楼梯。迎面而来的是戴维斯太太，我们的文学老师。她白净的皮肤和柔美的身形在产后也不见改变，反倒更添韵味。她和善地告诉我："我现在感到身体好多了！很期待回到你们的课堂。"我赶忙和她打了招呼。到了我上课的教室，看见全都是熟悉的脸庞，大家久违地、亲密地隔着桌椅先聊起来："你又长胖了！""谁说的，我只是过年吃得多了一点点而已！"对话引来同学们的一阵大笑。白炽灯过于明亮，照得人脑子发烫，但是那不可忽视的阵阵嘈杂声，那热闹的对话声，把我快乐地拉扯到这个世界里。

语言课的讨论时间，总令人发现身边卧虎藏龙。有人激烈地说："我认同马克思所说的，至今一切社会的历史都是阶级斗争的历史。"此时，又有人举手反驳："不，按照亚当·斯密的观点，财富的积累才是历史的自然潮流。"两人辩论起来。这时，又有人道："那么财富到底是如何分配的呢？"

无止境的对话又开始了……

杨玉慧老师二三事

饭后拉着两三好友，怀里抱着题集，走向她的办公室。整栋教学楼嘈杂无比，而我们逆着饭后回教室的人流走着，面庞上是微笑，心中是希望。

杨玉慧老师是我初中时的数学老师。

初一的第一天；老师们一个个地来讲演介绍。站在台下，我困倦地等待着时间的流逝。直到那样一个身影走上台去。她个子很高，一头微带酒红色的烫发，干练挺拔的身姿。简单打过招呼，她进入了正题。下面好几张脸抬了起来。那天我就知道，她是独特的。

作为数学老师，她使用电脑的时间较少。更多时候，整个黑板都被板书所占据。班里总有几个在课堂上昏昏欲睡的人，杨老师从不责罚一句，而是点名将这些开小差的人叫起来回答问题，这足以算是给他们敲了一记警钟。她在课堂上是有威严的，她讲课的思路明晰，爱听她讲课的同学真的不少。

回想起来，我初中一年多做的最频繁的事情，就是去找"数学课杨老师"。杨老师的办公室成了大部分同学每日下午必会踏足的地方。她十分鼓励我们前去提问，而她在这方面的鼓励，使得最敬畏她的同学也无惧向她请教问题，私底下大家都开心地叫她"老杨"。我们经常饭后拉着两三好友，怀里抱着题集，走向"老杨"的办公室。整栋教学楼嘈杂无比，而我们逆着饭后回教室的人流走着，面庞上是微笑，心中是希望。

谈及希望，杨老师从未盲目给过我们什么未来的承诺。然而，她总会分享以往学生的故事。对那些努力的身影，我们总是敬佩的。为了缩短那遥不可及的距离，也只有更加努力了。她告诉我说，多做题的确是辛苦的，可为了在考试中脱颖而出，我们唯有磨炼自己的能力。深夜刷题时，整理自己的错题时，想想她说的话，想想她酒红色的头发拂过我的肩膀，还有她明亮而坚定的、对我笑着的眼睛，顿时觉得浑身充满了力量。

可惜的是，我离开得太过匆忙，甚至来不及让她在我身上见证成果。那么，就让我把从她身上学到的东西带去更远的地方吧。

谢赛老师，我想您了！

漫步在初中的新校园中，我不禁回忆起您和蔼、温柔，而又严厉的面庞，还有您谆谆的教导。一股暖流从我心底流过，我感到一阵感动，心中充满了对您的感恩之情。

谢老师，许久不见面了，您的身体好吗？小学里一定发生了许多新的事情吧？您近来工作顺利吗？您的新学生是否也像当年的我们一样，刻苦、认真地学习着呢？

已经进入秋天了，阵阵寒意袭来。掐指一算，我离开熟悉的小学，离开敬爱的您已有五个月了。漫步在初中的新校园中，我不禁回忆起您和蔼、温柔，而又严厉的面庞，还有您谆谆的教导。一股暖流从我心底流过，我感到一阵感动，心中充满了对您的感恩之情。

还记得六年级开学时，您成为我们的班主任。我并未感到太大的震动，毕竟您已做了我们五年的英语老师了。您精神抖擞地走进了我们班，用您坚定的眼神、爽朗利落的语调带领着我们投入忙碌的学习当中。那时，我们的班风并不优良，您时常操碎了心。几周过去，人也瘦多了，眼角膜也挂起了鲜红的血丝。可您并没有放弃，并没有退缩。因为纪律不好，我们屡屡遭到其他老师的投诉。您严格地整顿纪律，对违反纪律的同学一个个地进行了谈话。我看在眼里，心中却充满了对您的敬佩与感激之情。我下定决心，一定要考上一个好的中学，回报老师您的一片苦心。

在英语的学习上，您又何尝不是给我提供了莫大的帮助。您鼓励我们多找您解决学习上遇到的困难。我与您一同解决掉了很多的难点。当我感到紧张、疲倦时，您欣慰的笑容、温暖人心的语言正如一盏明灯，照亮了我的心房，指引着我前进的方向！

终于，我取得了成功！在您热切的目光之中，我踏入了光明、充满知识与爱的新学校！

感动是无尽的，欣喜是无尽的，对您深深的感恩也是无尽的！

于是，我满载着幸福与希望，走出了母校的大门。脑海中还留存着您辛苦的背影，严厉而慈爱的面容！那伴随我度过了六个春秋的真情！我怎会忘记。

感恩母校，感谢恩师！谢谢您！我亲爱的谢老师！

荧姐姐

> 荧姐姐的宽容、勤学使我对她肃然起敬，她做的一切，她说的一切，都留存在我脑海中，我珍惜这美好的回忆。

在我的身边，有那么多我了解的人，我敬佩的人。我的好朋友，荧姐姐，就是其中的一位。

荧姐姐的父母是我爸爸的好朋友，我们两家住得不远，因此，我与荧姐姐经常见面，我们是非常好的朋友。荧姐姐长着一双大眼睛，小嘴巴和一头蓬松的短发。

我非常敬佩她，因为荧姐姐非常宽容大度。有一天，我在她的家里玩，她也请了她的同学一起来玩。我们一起跳着跑着。然后，那个同学撞到了荧姐姐，荧姐姐又因失去平衡撞到了她的同学。那个同学似乎很脆弱，一直捂着脚呻吟着，荧姐姐很内疚，一直对那个被她不小心撞上的大姐姐说："对不起，你没事儿吧？"还叫我去拿药来给她涂上，我与荧姐姐前后"奔波"着，而我心里想："这个姐姐怎么这样嘛，荧姐姐都跑来跑去地帮她了，这个姐姐不仅一句感谢话没说，而且还怪荧姐姐。"终于，我们总算"看护"完这个"病人"了，荧姐姐的同学呻吟着爬起来，荧姐姐关切地去扶她，那个大姐姐却把荧姐姐一推，说："你怎么能随便撞人呢！"荧姐姐被她推到了杂乱的杂物堆里，被坚硬的木箱碰伤了，可她却表现得极为坚强，而那位同学却无动于衷地看着荧姐姐，说了声："对不起！"就走了。荧姐姐还笑着回："没关系。"还对我说："我真不小心，别怪她。"我回道："她真讨厌！"荧姐姐又说："没事，要宽恕他人。"事后，我想："荧姐姐真宽容，我比不上她的宽容呀！"

还有一件事，使我敬佩她，那就是她的勤学苦练。荧姐姐成绩好，可有一天，我到她教室门前等她，我发现她正与老师练题呢！荧姐姐看见了我，出来说："我要再练习一会儿，你先回家吧！"

荧姐姐的宽容、勤学使我对她肃然起敬，她做的一切，她说的一切，都留存在我脑海中，我珍惜这美好的回忆。

写给二十五岁的深外

深外的历史已有25年，每一年或许都有我这般的学子，在抱怨与挫折之后，在汗水与坚持之后，我要感谢这所学校所给予的一切，所营造的一切。这将成为我继续改变自己的动力。

初中的生活已经过半。尽管这对于我来说只是一段短暂而恍惚的时光，可我所立足的、令我无时无刻不深深为之感到荣耀与自豪的深圳市外国语学校，确确实实已走过了25年的岁月。

提起笔，我是要赞颂这25年深外成绩的辉煌与变化吗？不，那并非我所熟悉的部分。我所想表达的，是作为一名最平凡不过的深外学子所能寄予的感谢与敬仰。是这所学校改变了我。

开学第一天，天气还有些阴冷。背着书包，双手扶着书包背带，游走在走廊上。终于来到期待已久的这个地方。压制了自己的不安，按捺住了自己的兴奋——那一瞬间，我的情绪几乎空白。

明亮而规整的灯光严肃照在每一张写满新奇的面庞上。我没有勇气去扫视，只是飞快地坐下来，低下头舒了一口气。我仿佛是推开了那么一扇大门，欢欣而惴惴不安。那崭新的环境、明亮的脸庞、溢满自信的谈话声与笑语，从未接触过这样的气氛，那是一种全然向上的甚至挤压着我的气氛。所谓改变或许就是从那一刻开始的。我意识到，或许这里将成为我的锻造之所。

深外对我的改变，点点滴滴，悄然渗透。适应学习的重负之类是每个深外学子的必经之路，然而还有更多。

因为体育较弱，八百米长跑变成了我尤为担忧的项目。进入夏季，烈日炙烤，汗湿衣衫。我只好眯着双眼，强忍着燥热的心情，不情不愿地开始奔跑。路途才进行到一半便已经落在中游。精神是疲惫空虚的，宛若浮在光芒里的尘埃，飘飘摇摇。残存的好胜心试图与酸痛的双腿抗衡，前进的动力终于在接不上气的喘息中所剩无几。我就这样走着，肺部在疼痛中阵阵紧缩。后方的脚步声渐渐近了，一个个身影从我身边超越我。前面的队伍已经愈发壮大，领头的女生依旧迈着矫健的、我无法企及的步伐。心里仿佛可以挤出绝望的苦水来，掺入我的汗水中，这样的我，那样的他们，我又怎能追逐得上？

小学时的画面在我脑海中闪过，那时候的我也怕极了长跑。可每次总有那么几位是与我一同逃避的。我们约定好要互相不离不弃，总有人陪我落在长跑队伍的最后。或许曾有人激起我的斗志，可那浅薄的毅力却一次次在中途夭折。

那个旧时的小操场消失隐去，我为自己对那颓丧处境的怀念而羞愧了。睁开双眼，我依旧在这里缓慢地移动着。我咳嗽起来，吞下一口唾沫，使头脑获得几分清醒。前面零碎的几个身影奔跑在红色的跑道上，我能看到阳光照耀下攀附在她们脖子上的汗珠，仿佛听到他们急促的喘息声。我有些明白了，其实大家都是艰辛的。

对比跑在前面的同学，我甘拜下风。但我明白不能停下追逐的脚步。我不应该就此放弃，我不能，我也不甘。若在此刻纵容自己，或许这三年的时光都不会再有一丝的进步了。这里不是一所普通的学校，这里是深外，是我向往已久的、梦想般的存在。这里的一切都不是平庸的，是的，他们都是优秀的吧——看着前方的同学们，这便是这所学校的学生。坚韧的意志，坚定的努力，我不会再有逃避的机会。

我又开始奔跑起来，紧盯着前方，心里在为自己加油。我的心与双腿都不听使唤了，近乎麻木了，只能感受到心里微弱的希望正召唤着我。

终于，万物在那一刹那静止了。

我终于到达终点了，来不及哀叹，直接狠狠地坐在地上，这样的感受几乎是人生初次的。呼吸的时候能感受到喉咙的干痛，两腿已经不属于自己。有人向我伸出了手，告诉我跑步后不能马上坐着，我跳似的站了起来。阳光还是猛烈的，我能闻到周围人的、自己身上汗水的味道。我模糊地意识到，这仿佛就是青春的气息。随着呼吸而剧烈起伏的心跳，是一份喜悦与渴望。我喜悦着，这就是我青春的色泽，明亮、洁净且微微苦涩，却是使人奋进的。

正是那一天起，我试着在长跑时不停下脚步。我清楚地知道自己根本没有冲到最前方的能力，所以我的心愿便是不再落在最后。每每失去动力时，我总幻想自己所肩负的是这神圣校园的一份责任，便又灌注了几分毅力，迈开笨重的步子。

在这仍有些寒冷的春日，我伫立在临时校区的某一处，静静地观望着。挺拔树木离我头顶颇远，默然铺洒阴翳，形形色色的同学从面前走过，远处又有不同的人接连而来，步履匆匆，精神抖擞。这样的神情，我想应该就是这座伟大校园的魂魄。

这所学校所带给我的有太多，无法一一书写。随着学校生活的推移，我明白，这并不是因为她在深圳的赫赫有名而令我颇为自得，而是因为，这是一所改变了我的学校。这是一个能够给予我动力、梦想的地方。而我将凭着这些动力与梦想去追寻自己更广阔的天空。

深外的历史已有25年，每一年或许都有我这般的学子，在抱怨与挫折之后，在汗水与坚持之后，我要感谢这所学校所给予的一切，所营造的一切。这将成为我继续改变自己的动力。

放眼这25年光阴，我们占据的不过一年有余。在我内心深处充满着无尽的感谢，感谢为深外25年付出心血的老师、学长们，感谢深外造就了今日能够奔跑着的我们！但愿此刻播下的种子终有一日结成丰硕的果实。

书香入梦

贫不失志

——读《论语》

寥寥数语之间，我却能想象孔子居所的简陋。他衣食简朴，生活清贫，却尽自己所能于世间传道。这样的气节，才是这世间永存不朽且不可或缺的吧。放眼当今社会，新闻中常有的贪腐、欺诈、造假等为利益不择手段之举，令人心生寒意。

每当提及"智慧生活"，我时常会想，何为智慧，何为生活呢？直至我有幸阅读了《论语》一书。这是一本精神札记，一条由只言片语汇成的智慧之流，横亘于中华文明长河中，成为中华智慧之核心。

《论语》一书，讲的是以孔子为代表的儒家思想、言论。经过岁月的沉淀，那些朴素的语言仍不失其深刻的哲理，闪耀着智慧的光芒。我静心阅之，体会文字背后浑厚的东西——平实生活的智慧。

最打动我的，便是书中表达的生活态度。"饭疏食饮水，曲肱而枕之，乐亦在其中矣。不义而富且贵，于我如浮云。"寥寥数语之间，我却能想象孔子居所的简陋。他衣食简朴，生活清贫，却尽自己所能于世间传道。这样的气节，才是这世间永存不朽且不可或缺的吧。放眼当今社会，新闻中常有的贪腐、欺诈、造假等为利益不择手段之举，令人心生寒意。从原始社会发展至今，人类起初只求温饱，而后渐有了贪欲，甚至疏于更高的思想追求，这便是愚昧的种子。随着社会高速的发展，又有多少人能不忘初心永守良知呢？尽管儒家的一些观念已不适宜今天，可其中最为本质的精神应被代代相传。

同是生活态度，不得不提的便是孔子的得意门生颜回。"在陋巷，人不堪其忧，回也不改其乐。"也是抒发自己高洁志趣之语，可所表达之情却并不相同。颜回居于陋巷，却依旧自得其乐，不顾他人眼光，不在意外界纷扰，坚定心中所志，勇往直前。这无畏的乐观不禁令我想到了隐居避世、悠然独乐的五柳先生陶渊明。对世俗官场的黑暗不满，故隐退山林，恣情饮酒作诗，这种豪情放达心态，与颜回不羞于居陋巷之乐观，是大为相似的，这种无畏的积极心态也是蕴含着无数生活智慧的。正是能为自己创造的生活感到快乐的人，才能创造出人人诵读的文章，才能传播万世流传的伟大思想。唯有这样的智慧之人，才能完好地实现自己的人生意义，成为推动人类思想进步的人。

我所提炼的，仅为《论语》伟大思想与智慧的冰山一角。虽只是个人见解，可足以影响我的人生。或许在我面对虚荣挑战的某一天，我考量更多的会是做人之原则，而非不义之"富"。或许我会在找寻梦想时，试着不顾一切坚定而行，笃定心中之志。

总有无数个或许。

所以，这便是《论语》的智慧，终将点点滴滴化作我的生活智慧，也将永远铭刻于人类文明的里程碑上。

明朝灭国根源
——读《万历十五年》有感

黄仁宇先生是一名视角独特的历史学者。他提出"大历史观"并运用于他对中国历史的研究中。"大历史观"强调背景和事件发生的众多原因的联系和历史发展中的因果关系，黄仁宇先生严密的逻辑很好地完成了这一点。

黄仁宇，美籍华人，1918年出生于湖南省长沙市，1936年考入南开大学理学院机电工程系。抗日战争爆发后，受南开大学校园中浓厚的爱国主义思想影响，他辍学参军，走上了抗日救国的道路。黄仁宇先生以及一众南开学子，身体力行地传承着爱国爱民的精神，这一点从黄仁宇日后数次投笔从戎即可看出。黄仁宇先生先后就读于美国陆军参谋大学与密歇根大学，并取得了密歇根大学历史学博士学位，曾在南伊利诺伊大学、纽约州立大学纽普兹分校、哥伦比亚大学以及哈佛大学东亚研究所任教。在异国求学、工作的经历与他作品的出版以及他历史观的形成有着密不可分的关系。

黄仁宇先生创作《万历十五年》（中华书局2006增订纪念版）这样的史学著作，与他在成长过程中对写作与历史研究的执着热情是密不可分的。他在青年时期便频繁向报纸投稿自己的文章，这一点也一直延续了下来。他所写作并配图的世界名人传记在《湖南日报》副刊上刊载。最初，《万历十五年》屡屡碰壁，后被耶鲁大学出版社出版。此时正是他因没有新作而被纽约州立大学纽普兹分校从正教授之职解任的第三年。

黄仁宇先生是一名视角独特的历史学者。他提出"大历史观"并运用于他对中国历史的研究中。"大历史观"强调背景和事件发生的众多原因的联系和历史发展中的因果关系，黄仁宇先生严密的逻辑很好地完成了这一点。历史本身是一个宏大、难以追溯其源与其结尾的综合体，因此"大历史观"实在是一个独特的历史观念。

本书的写作方式是值得注意的。从选择研究的历史人物，充分引起读者情感共鸣的叙事角度和语言描写，以及作者选择为每一个人物展现的角色形象都充满了个人色彩。我很难将这一本读起来如同故事书一样的作品，看作一本纯粹的史学研究作品。作者之意显然不仅仅满足于单纯地呈现那一段历史的样貌。那么本书的独特之处在哪里呢？本书独特之处在于其写作逻辑顺序并非如其他大部分历史作品一样，按照时间来进行，而是聚焦于当朝的各个人物。而他写人物并非刻意要去写人物传记，因为他们个体与个体之间都有着极强的关联性。在我看来，黄仁宇先生试图从当朝各个人物的不同角度来体现政府管理机制。

本书人物描写大多具有较强的主观感情色彩。作者写万历皇帝从其成为少年天子时写起，从初登皇位时对张居正与大伴冯保的依赖，再到后期作为一名统治者经历的种种挣扎，后宫中经历的种种，这一切方方面面都联系在一起，塑造出了一个丰满立体的皇帝形象。我们在文中所读到的也不仅如此，我们可以看到万历个性敏感，稍有怯弱。尽管心怀疑问，万历无疑还是在其统治生涯中做出了许多尝试。他苦于自己无法与文官集团形成的强大力量抗衡，自己的权力一直以来受到了道德伦理的限制，受到了自己统治赖以依托的"上天"的制约，又苦于寻不到解决之方法。"他询问这些与试举人，为什么他越想励精图治，但后果却是官僚的更加腐化和法令的更加松懈？这原因，是在于他缺乏仁民爱物的精神，还是在于他的优柔寡断？"他逐渐发现自己在宏大宫廷中的单调枯燥，体会到了精神世界的空虚与寂寞，这一切都是哪怕贵为天子也难以改变的。当他意识到这巨大的皇城是禁锢自己的牢笼，而所谓的权力又受到了重重制约时，他对励精图治便也失去了兴趣，换言之，对政治失去了兴趣。

全书的基调是难以言喻的悲怆，而万历个人的悲苦也影响着他周围的臣子。张居正遭受弹劾使得这位杰出的官僚受到"清算"，死后也不得安生；申时行作为皇权与文官集团之中的调和者，他又何尝不是痛苦的？他意识到皇帝无意勤政早朝，个人也看到这些制度的薄弱之处，但他又不具有改变体制的力量，因此他只能是一名"调和者"。若是皇帝不愿早朝，那可以推迟时间，但是早朝之制度却是一名臣子需要提醒皇帝去遵循与保留的，这从统治方式上符合了道德伦理的根本要求。而海瑞的极端性又使得他无法看到文官集团的阴阳两面性与制度的薄弱，在这些制度下坚守个人信仰的正义，是否是重蹈覆辙？

黄先生的"大历史观"在书中俯拾皆是。书中67页写道：皇帝和他的大臣，经常以庄严美观的形式举行各式各样的礼仪，又为巩固这种信念不可或缺。无数次的磕头加强了皇帝神圣不可侵犯的意义；而他亲自主持各种礼仪，更表明他也同样受上天的节制，即受传统的道德所节制。这段话表明，作者在文中多次强调的"仪式感"实际上与当朝以道德作为统治的统一标准有着密不可分的关系。道德在统治中至高无上的地位实际上是等同于宗教的。宗教的宗教仪式是使得信仰完整的一部分，对于一个受到宗教精神统治的完整体而言，宗教仪式也是巩固他们信仰的一部分。而对待皇权也是如此。明朝的种种仪式性行为如经筵、早朝等，存在的理由并不仅仅是由于其合理性或对行政必然产生积极效应，而是对于朝廷遵循"信仰"且计划延续的体现。当天子都忍耐其辛劳承受着"上天"的约束，文官又何以不服从于这不可侵犯的、天赐的皇权呢？

当万历与申时行内心认识到各项仪式的不合理性，同时却又延续着它们的进行时，这项仪式便达成了其"约束"的目的。在第71—73页写道：因为我们的帝国在体制上实施中央集权，其精神上的支柱为道德，管理的方法则依靠文牍。……所以说来说去，施政的要诀，仍不外以抽象的方针为主，以道德为一切事业的根基。此处总结了我国自古以来政治的基本根基。以道德为支柱的统治需要两点：一是一个赖以治国的道德标准，这项标准既要符合君主想要施政的方针，同时又要具有维持稳定的功能；二是官员们议政时所用的语言、阅读的书籍典著是基于这一道德标准的，因此这其中的每一个环节都注定了占据主导地位的官员群体是文官。以上提及的"道德"很大一部分是沿用多朝的儒家治国思想。

又如第205页写道：当一个人口众多的国家，各人行动全凭儒家简单粗浅而又无法固定的原则所限制，而法律又缺乏创造性，则其社会发展的程度，必然受到限制。即便是宗旨善良，也不能补助技术之不及。此处引出了与"宗旨善良"，换言之，"道德正确"在当朝政治思想中对立的"技术缺陷"。技术的缺陷，既是法律系统的单一性与易收到多种解释的弊端同时存在的矛盾难以调和，此外，更是治国的重心放在如何完善加强其道德伦理以巩固大一统，忽视了技术性的实质发展。起初，这些不调和之处还难以显现，但逐渐他们便随着理论无法支撑实际浮出水面。

万历十五年，英文版的题目是"A Year of No Significance"，汉语直译的意思是"没有大事发生的一年"。联系作者所选的内容以及写作特点，我们似乎已经窥见了"大历史观"的一角。没有大事发生的一年——1587 年，在这一年这些人物微小的行为与关联，所推动的历史上的小小改变，便最终一同引向了明朝的结局。黄仁宇先生以小见大，从人物细腻的内心情感上体现了人格的多面性，文官集团的"阴阳双面"。行文之悲便体现于每一个人物为自己心中向往之治所做出的努力与改变，却都无济于事，因为在"大历史观"的维度下，这些挫败都是由每一个看似没有关联却有关联的细节联系在一起所决定的。我们所读到的，看似是人物，其实是这个以道德伦理为统治支柱的政治体制的各个方面，所有的问题都显露无遗，环环相扣，最后的结局也不难预料。"大历史观"从技术的角度，从制度的角度来解释历史的视角是十分独特的。纵使道德之塔高高竖起，基层建筑的技术与制度的不完备也会成为致命的稻草。

以黄先生的"大历史观"来看，明朝的灭亡是可悲可叹的历史必然——1587年，是为万历十五年，次岁丁亥，表面上似乎是四海升平，无事可记，实际上，我们的大明帝国却已经走到了它发展的尽头。

古典文学人物形象速写（四则）

乱世之下，奸人横行，世风黑暗。于林冲身上，我们极易看出等级地位所带来的压迫与不公。尽管如此，这个由"义"组建起来的梁山泊还是为好汉们提供了一个归宿。

　　小说是明清时期之文学，正如两汉对应着辞赋，唐朝对应着诗，宋朝对应着词，元朝对应着曲一样。在明清小说中，最著名的作品包括《三国演义》《水浒传》等。而这些作品中的人物在作者细腻而又富有人情味儿的笔下，显得栩栩如生。下文便浅谈明清小说中的几个典型人物。

一、宋江

　　宋江其人能够成功当上山寨首领有许多理由，最为重要的是他对兄弟讲义气，使众人信服于他。宋江也因"及时雨"的称号闻名江湖，也更因此使众多文才胜于他，武略也更强的江湖好汉投奔于他。

宋江有4个广为人知的绰号，而他的性格特性也可从这些绰号中窥得一二。首先是与外表有关的"黑宋江"，便可得知其貌不扬，不如他人一般伟岸英挺。然而如此矮小的他，又是如何服众的呢？且看他的另外3个称号："孝义黑三郎""及时雨""呼保义"。这三个绰号都从一定层面反映了他作为一个领导角色的长处。孝道的践行使他赢得了他人的敬重与信赖；对待兄弟，他仗义疏财，扶危济困，如旱地中送去甘霖雨露，江湖形象中宋江的热衷于做好事行善举已成为了他的一大代表性特色。

然而，光有"义"是不完备的，这个有着复杂角色构成的人物也有着对权力的操控，基于他曾当押司的经历，他有一定的正义感，同时他的文化教养背景也为他奠定了统治山寨的良好基础。他处理紧急情况以及在紧急关头对生死的取舍都很好地体现了其领导之才。因此，在有些人眼中，他是一位仗义的英雄好汉。

二、林冲

林冲是《水浒传》中十分重要的一名角色。他原本是八十万禁军教头，后来因为妻子被太尉养子觊觎，他遭陷害最后上梁山落草。这便是"逼上梁山"的典故。

林冲的个人经历是坎坷曲折的，由于起初地位与身份低下，他的性格中有着逆来顺受的一面。然而，他又有着勇敢无畏、充满正义感的形象。作为一名官员，他清廉公正地对待百姓；作为丈夫，他极力保护自己的妻子。尽管力量有限，但他已经履行了应尽的职责。

而正是这个看似中庸、普通的人，后来是如何被"逼上梁山"的呢？这只能用"官逼民反"来解释。从他在野猪林中惊险逃脱，性命危急，后来遭受到陆谦的暗算，是林冲重要的一个转折点。他杀了人，便不顾一切地投奔梁山了，这也为后文他带领兵士们起义频频获捷埋下伏笔。还有在梁山上的大材小用，林冲在命运的安排面前经受考验与磨难，意志不断坚毅，性格从隐忍到勇敢反抗转变。

乱世之下，奸人横行，世风黑暗。于林冲身上，我们极易看出等级地位所带来的压迫与不公。尽管如此，这个由"义"组建起来的梁山泊还是为好汉们提供了一个归宿，英雄好汉的豪情都得以展现。林冲也正是如此。

《水浒传》中人物丰富，当时社会现实生活充满不公与黑暗，便涌现出不少梁山好汉，他们行侠仗义、劫富济贫，成为读者心目中的英雄。

三、曹操

曹操是《三国演义》里众多文学形象中给人印象极深的一个。传言他阴险、奸诈，被塑造成了一个负面的人物形象。然而，实际上他能立足于三国时期的群雄纷争之中，必定是有其原因的。而他能成为一代枭雄，在中国历史上脱颖而出，名声显赫，想必有其过人之处。

先从他在《三国演义》中的人物形象说起。曹操是一个计谋考量周到的军事奇才。在用人方面唯才是用，并善于使用丰富多变的军事战略。他的成就则是消灭了北方割据势力，统一了北方，并在他管辖的地区善用政策，恢复生产，维护社会秩序。

除军事治国之才外，曹操此人还有特别之处。他引领了"建安风骨"，与曹丕、曹植并称"三曹"。他的著名作品有《观沧海》等，抒发了一统天下的抱负和对贤才的渴求。另一方面，他的性格中也有极自负、自私的一面。曹操曾说："宁教我负天下人，休教天下人负我。"这句话形象地塑造出一个野心勃勃的军事家的形象。尽管有人以此为由对他进行批判，但在我看来，若非他性格中有如此极端的一面，他也无法名留青史吧？

四、诸葛亮

《三国演义》记叙了三国时期群雄纷争、社会动乱不安的宏大场面与历史感浓厚的斗争背景。正是于乱世之中，我们才得以见证才子英雄的诞生。诸葛亮，便是其中不可不提的一位。他是一个满腹治国之才的政治家、军事家，善用巧计与丰富的学识扭转大局。然而，他不仅是有谋略有思想的乱世之才，他的"死而后已"的崇高奉献精神以及爱国理想，使他成为一名真正的英雄。

刘备慧眼识才、三顾茅庐，诸葛亮便从此成为刘备的得力助手。他说"臣安敢不竭股肱之力，尽忠贞之节，继之以死乎！"刘备离世之后，将儿子托付给他，诸葛亮继续恪守臣子的本分，全心辅佐，毫无夺权之想。

诸葛亮的忠诚值得一提，但他的才华与谋略更为大放光彩。于赤壁时的妙策，大胆"借箭"，后来又靠夜观天象得知了风向，这些丰富的知识以及过人的胆识与眼界，为他这一战之胜利奠定极为重要的基础。除此之外，哪怕在兵卒缺少、司马懿带大军兵临城下之时，诸葛亮都无所畏惧，大摆他的"空城计"，从容逼退敌兵。

从诸葛亮身上，我们所看到的不应仅仅是一个人智慧的重要，他有着过人的胆识和行动方式，以及丰富的知识助他获得每一次险难中的成功，当一个人具备了智慧、知识、胆识时，便有了运筹帷幄的能力。

现当代文学佳作品评（六则）

不论是在文中，抑或是书外我们生活的世界，生活的节奏越来越快，比起自然更"有趣"的东西紧紧霸占了人们的眼球。尽管生活在这个星球上，可我们的心是否早已迷失远方？

一、《我的母亲》

胡适先生的《我的母亲》是一篇平铺直叙却又在朴素细节处打动人心的作品。他用一些母亲严厉教育"我"的事例，塑造了母亲对子女要求严格、自尊心强的形象。然而，他打造的"母亲"形象也并不单薄。他的母亲并不是只会用教条约束自己的孩子，在她身上，我们能看到一个女性独自抚养孩子的艰辛与伟大。除此之外，母亲"人性化""温柔"的一面，也从她对父亲的敬佩与怀念中得以体现。她告诫"我"不能丢了父亲的脸面。这样的她，不但是一名慈母，而且更承担了严父之责。

或许会有许多现代青年反驳，母亲的教育方法是否太过死板，拘束了孩子身心的自由。我们不能以现代人的思维方式去苛究前人。母亲对作者既是严格的又是慈爱的，母亲身上的好品格已深深地烙印在孩子身上，是一位值得尊敬、伟大的母亲。

本文讲的是胡适先生的母亲，作为一名读者，我会去联想那个并不相似的——我的母亲。天下母亲，都是承担了多少艰辛，抚育了自己的孩子？读完这样的文章，我心中溢满了感恩。在血浓于水的爱前，有些"伤害"，我们总会很晚，才明白它的真义。

二、《祝福》

鲁迅先生的这篇文章讲述了封建社会体制下，人性冷漠所酿就的悲剧。以祥林嫂这个悲剧人物勾画了人物背后社会的模样。简单冷静的叙事风格，跌宕悲凉的故事情节，使读者体会到当时社会的封建与黑暗。

作者批判了封建礼教和封建社会对人的摧残。起初，祥林嫂便因为寡妇身份遭到他人以及雇主的冷眼相待。她被留下的唯一原因也只是因为尚存的几分利用价值。然而，当她失去了利用的价值后，遭受重大变故的祥林嫂又成了一个一无所有且遭人唾弃的女子。

此外，作者透过周围角色对他人苦难的冷漠，甚至于"咀嚼"，反映了当时社会人心的冷漠。祥林嫂那句"我真傻"本是情感的诉求，未必就是渴望他人同情或关怀，可那至少表明了她对社会的信任。可现实却是讽刺而令人绝望的——她换来的是耻笑、背后的议论，那些曾给陪她"抹泪"的女人们也不胜其烦。这样的社会风气，又怎能令人不悲哀呢？

鲁迅先生从头到尾大都使用了第三人称的客观叙事口吻，仿佛自己是个戏外之人。他的文中也未曾见一句批判之语。可是细读那文字，字里行间都蕴含了莫大的悲凉。

三、《大堰河——我的保姆》

《大堰河——我的保姆》是我国近代诗人艾青的一篇记叙描写自己对出生的故土的热爱与思念的优美诗歌。作者从熟悉的记忆切入，其独特的描写方式让读者感受到了他深切真挚的情感。

作者开门见山地点明了诗歌的主要描写对象——他的保姆。而他对大堰河初步的背景叙述，却给予我一种愁绪。作者着力于描写他与大堰河间相依相伴的水乳相融的关系，借此，读者可以看出他们关系的密切。然而，作者马上笔锋一转，他又将大堰河与"雪"和"坟墓"相联系，间接地预示了大堰河最终的发展。"雪"是纯洁无垢的，当它与一个人的死亡有所关联，那必定是一个美好的灵魂。

接着，插叙进入儿时的回忆。作者运用生动形象的描写以及排比的手法，烘托出对大堰河的深深怀念以及大堰河闪耀着母性光辉的爱。文字中富有画面感，来源于作者对微小细节画面的捕捉。

文章后段，进入一个转折。"我"与亲生父母的陌生，大堰河的哭泣，作者用平静的口吻讲述一场残酷的离别。而大堰河命运的转变也引人唏嘘。作者通过对"她含着笑"的重复运用，反面突显她的任劳任怨以及当时社会对劳动女性的不公。仅是记叙大堰河的生平，作者便能引起读者深层的思考，可见其笔力之高超。

诗歌最后又得到了升华。作者以对大堰河的爱，展望未来，语气激昂，振奋人心，又使人感动不已。

四、《带上她的眼睛》

在刘慈欣先生的笔触下，"她"的声音是甜美的，正如同她炙热而富有感情的灵魂一般，而这样美好的事物，却不得不长存于地底下，被无情而残忍的金属阻挡着，无法回到对于"我"而言再普通不过的、理所当然的那片土地，"真正"地生活在这个星球上。正是因为如此，她有着极其细腻敏感的感情视觉，对自己在有限的时间内能亲眼所见的景物抱有好奇，甚至是一种虔诚的感恩之心。不得不提的是，作为一篇科幻类文学作品，它给予我的不是热血沸腾的震撼和颠覆，而是一种贴近心灵的、细小的温暖。这样的温暖来源于文章主人公"我"对"她"诸多要求的不解但又坚守陪伴。是"我"帮助她看到了想要的一切，完成了她未竟的心愿，然而，在这样的付出中，我也被她赋予了一双不一样的眼睛，造就了一颗柔和的心灵。"她"已不再只是"我"帮助过的某个人，而是

"我"的导师,教会了"我"用一颗充满爱与好奇的心去对待这个世界。

不论是在文中,抑或是书外我们生活的世界,生活的节奏越来越快,比起自然更"有趣"的东西紧紧霸占了人们的眼球。尽管生活在这个星球上,可我们的心是否早已迷失远方?我想,若每天都以再难见天日的危机感来珍惜眼前的事物,是否会有些许不同?那样的话,我们也能从雨点、野花、小草、月亮中寻回平凡的快乐。

五、《应有格物致知精神》

丁肇中先生通过对比古今中国对教育和求学的态度,引出了现代学术中实验、观察求学的重要性。他不但将这种方式提倡于科学方面,而且将其延伸至中国教育的整体发展上,大胆地指正了前人的不足之处,又对改进方式进行了详尽的解答。

"格物致知"是中国传统文化中教育的主旨,作者的释义是"从探察物体而得到知识",简而言之,连古人都领悟到"实践出真知"的重要。如作者指出,错误的实验是无效的。王阳明先生的经历便是很好的例子,他"把探察外界误认为探讨自己",以这种方式去观察他院中的竹子。然而,光是坐着"观"怎能有结果呢?唯有用心用眼"观",动手动脑"察"才会接近事物的本质与真理。

尽管如此,作为现代人的我们却在做着类似的事情。我们坐在教室里,等待老师用知识去填充我们的大脑。若是学习竹子,想必也只是抄下笔记,反复背诵前人对竹子的认识罢了——这又比古人的学习方式强多少呢？何况王阳明先生尽管方法有所偏颇，但他向往"格物致知"的本心是不可否认的。相比之下，在层层压力的包裹之下，中国学生不再渴求实验的过程，而是投入于必定"正确"的课本和题目中去了。虽说理论知识不可或缺，但是获得这知识的途径，却很大程度决定了这样的学习是否有价值、有意义。亲自去感受到、触碰过的东西，和隔着纸的彩印图片，不能混为一谈。

在教育者们思考学术研究中实验与理论是否本末倒置时，作为当代的学习者和文化的传承者，我们更值得去思考这两者间的平衡关系，"使实验精神真正地变成中国文化的一部分"。

六、《飞向太空的航程》

这篇文章来源于《解放日报》的一篇报道。全文围绕着2003年，我国"神舟"五号载人飞船成功发射的伟大历史事件展开。以一次对于中国而言是崭新起点和旅程的宏伟成功为情感基调，作者追溯了中华民族近半个世纪的"飞天"经历。

全文贯穿且引人注目的主线则是我国的航天一步步成长，历经磨难的漫长过程。从一件件小的成果，到一个个脚踏实地的印记，我国的航天技术终于从蹒跚学步的婴孩，走向快步奔跑的青年。作者显然深谙这段旅途背后的不易，他以清晰明了的语言逻辑将各个年份的各项重大成果相串联，让读者有了与史相连的历史厚重感。

在我读来，航天最终取得成功有如下几点理由：首先是毛泽东主席的长远目光。他在目睹苏联的成果后紧迫意识到此项科技对中国的意义。其次，邓小平后来对国家高新科技的重视与支持也是不可或缺的。当然，最为重要且最不可忽视的，是中国航天人员付出的艰辛劳动与千千万万个日夜中他们的苦思冥想。这样的人，是真正热爱着中国，也是真正热爱着航天的。在最初这项研究孤僻、无人问津之时，就开始投身其中的人，更让我敬佩。

航天，是人类史上多少人的梦。而中国人，有幸也能以圆梦而自豪。作为中国人，我倍感自豪，我想唯有奋力拼搏才得以继承这份民族的荣光。是这种精神圆了一个辉煌的梦，而接下来，我们还有更多的梦要去圆。

历史背后深埋的灵魂

——读《文化苦旅》有感

> 行走着，不断行走着……闭上双眼，平静一下心跳，回归于历史的冷漠、理性的严肃，端正身姿，怀着敬意与好奇，我仿佛也随着余秋雨教授，走在华夏土地的万水千山中。这是一场旅程，与文化有关的旅程。

这个暑假，我有幸拜读了余秋雨教授的著作《文化苦旅》。由于我学识尚浅，读这本蕴含极深道理的书籍只能一知半解，略懂些皮毛。尽管如此，对于我来说仍是收益颇丰的。本书由许多篇散文组成，作者通过描写自己经过的名山胜水、各种文化古迹，用粗犷而不失细腻的笔调道出了山水背后的文化与精神，引领我们走进历史、深入历史，去解读历史背后深埋的灵魂，带着我们去寻找、去追随文人矫健而执着的步伐。

本书的作者余秋雨教授生于1946年。从他豪迈而深沉的字里行间可以看出其文学经验之深厚，从他讲述的一个个文人的故事中可以读出其知识之渊博、对历史之通晓。余秋雨教授也是万千文人中的一员，他怀揣着一颗"做文学"的心，悄然决然地上路了，走向了远方，去探索古代文化与文人留下的些许痕迹。几百、几千年前，他们也怀着一颗或炙热，或淡然的心走向远方，去寻访生命的意义。余秋雨教授也以一名文人的身份，站立在了那些地方。几百、几千年前，也有文人曾在同一处久久驻足——他们的双眸肃穆，眉宇间早已被历史与苍茫大地染上沧桑。

行走着，不断行走着……闭上双眼，平静一下心跳，回归于历史的冷漠、理性的严肃，端正身姿，怀着敬意与好奇，我仿佛也随着余秋雨教授，走在华夏土地的万水千山中。这是一场旅程，与文化有关的旅程。

翻动着手中的书页，画面已逐渐从我脑海酝酿浮现。我看见了辉煌、宏伟的莫高窟，它早已被艺术的洪流积淀下无尽鲜艳夺目的色彩，一件件高超的壁画作品正散发宗教与美的气息。从壁画斑驳的一层层不同颜色，可窥探历史舞台的风起云涌，艺术恰好镌刻了一切。

我看见茫茫雪白一片的阳关，那里有无边的沙坟堆。四周环境，苍茫而狂野，望不着边际，着实有着别样的美感；可思绪却穿过那凹凸的沙坟堆，这曾是将士们浴血杀敌之地，此处埋下了将士们的忠魂。站立在高处，四下环视，王维淡然的诗句于耳畔回响。

我看见了都江堰，咆哮的江水正发出震耳欲聋的怒吼，李冰修筑的水利工程仍造福百姓。李冰，以一个最质朴的出发点，留下了一个伟大的工程，他的人生、他的精神寄托在这大坝上，凝成永恒。

我看见了西湖，古今无数人前往此地重温那场温婉缠绵的梦境。风景宜人，湖中不见底的碧绿仿若历史的沉淀，叫人捉摸不透。西湖是那样的神秘，带着无数文人墨客的足印……中国文化之丰富，表现形式之多，古人之智慧，历史之悠久，便从这一切中娓娓道来。

周邦肇作
——参观宝鸡出土青铜器精华展之报告

凝神观看，提梁的两侧，引人注目的是一对巨大的卷曲羊角。此后，注意到羊头的存在，立体的造型十分传神，透露着冰冷的威严之感。在提梁的上方还有牛首，体形较之下方羊首较小些，但也是栩栩如生，立体感与艺术感相得益彰。

一

本次展览的展出物大多来源于宝鸡，即"中国青铜器之乡"。一直以来，都听闻青铜器是学习周王朝礼乐制度的重要证据，而在此前，对于这几个名词都感到迷惑的我并不理解其中的关联。

此展览结构清晰明了，入门处是对青铜器的历史介绍，以及青铜器出土的一些具体时间地点的列表。这让我对青铜器的来源有了更深刻的了解：原来，许多青铜器都是殷商末年商人所持有的，而在武王伐商后，这些青铜器都成了战利品。随同武王伐商的国家也是通过这种途径获得了青铜器。

在总起后，馆内其余的部分大多是分门别类地展出并介绍了西周时期在衣、食、住、行几个方面的器物，展出的物品中尤其注重了食与行。使人印象格外深刻的是有一整行的展览玻璃柜内都是不同生僻字指代着的用具，如作酒器的卣，盛熟食所用的簋，蒸食的甗，等等。西周时期人们在饭桌上所用的器皿之复杂、分类之多，也与他们当时上等社会阶层的礼节有密不可分的关系。几乎所有食器、酒器上都镌刻了铭文，铭文的作用有表现家族内部地位阶层，或是用于记录重要事件等。举例而言，一些青铜器实际是体现了西周时期的命名制度的。而氏族内的器具，铭文的风格趋近于艺术化，反映了当时冗杂曲折的审美风格。

而行的方面，展出的则多为车马上的鞍具、装饰物等。与"食"部分日常用于各个繁杂的环节不同的是，车马的鞍具实际上是伴随主人入葬，并随着墓主人社会阶级的区别而有不同数目规格的。这一发现使我更了解了西周时期器物的不同规格与人在社会中品级的直接关系。

二

观展过程中，我注意到了卣这一青铜器，并被西周时期盛酒器物的庞大（对比今日）所震惊。我要介绍的青铜器是伯各卣，约从这个青铜器的设计、制作工艺以及历史背景三个角度着笔。

卣，即是盛放祭祀用的香酒的器物。其上方有提梁，下方有圈足。伯各卣与伯各尊都出土于陕西宝鸡竹园七号墓乙室且刻有相同的铭文，可看出这两个器物是配合使用的。此外，卣通常是一大一小两件。通过卣的容量和外部提梁设计，以及尊的可手持的设计，这两者应配合作酒瓶、酒杯二者之用。

凝神观看，提梁的两侧，引人注目的是一对巨大的卷曲羊角。此后，注意到羊头的存在，立体的造型十分传神，透露着冰冷的威严。在提梁的上方还有牛首，体形较之下方羊首较小些，但也是栩栩如生，立体感与艺术感相得益彰。伯各卣的外形是庞大而华丽的，也从侧面反映了物主曾经在西周时期社会地位之高。伯各即是西周渔（強）国第三代渔（強伯，也是宝鸡竹园七号墓的墓主。在他墓中出土的伯各系列青铜器都刻着"伯各作宝尊彝"。"尊彝"在金文中意为"礼器"，应是与祭祀之礼相关。"彝"这一字的含义是充满画面感的——展中有阐明其意的图片，为双手撕扯着一只流血的鸡。因此，对"彝"的理解便是祭祀时要将鸡与香酒一同奉献给祖先。

隐藏在伯各卣背后的是该青铜器所用的制作工艺。该器作为"陶范法复合范技术和分铸技术的典型代表作"，也向后人展示描绘了当时青铜器精妙复杂的制作工艺。伯各卣"铸"与"范"的不同方法的选择都体现着制作者的智慧。根据相关研究，该器的可活动部件是由陶范铸造分铸技术"分铸铸接"的。这一技术也广泛运用于其他青铜器中。在伯各卣中，其提梁便是活动部件。加工时的顺序选择也有讲究。大体上是先从卣体铸起，然后"范"提梁，最后再用"分铸铸接"技术拼合。"分铸铸接"这一技术的发明和应用是当时青铜器制造技术的极大进步，使得较大型的青铜器可以由多个小铸"分铸铸接"而来。这样一来，铸造青铜器的难度被降低了，效率也得到了提高。

三

《诗经·大雅·荡》《尚书·微子》以及西周初期铜器大盂鼎上刻铭文（"率肆于酒"）都有指出周朝后期政治的腐败与酗酒成风有着密不可分的关联。引起我思考的是，西周时的饮酒文化是否是与祭祀文化中祭酒—"礼"的关联；以及禁酒与饮酒文化是否有关联之处。

然而，这种种指控谴责的背后，我忍不住质疑，饮酒文化是如何对国家政治带来如此大的影响的？当今中国的饮酒文化也是十分主流的一种文化，广泛地用在社交娱乐、工作应酬等场合，甚至是作为一种文化传承，贯穿着我们生活的每一个角落。那么饮酒何以亡国？此时我看到了一种很独特的角度：酒器带来的影响。正如前文介绍的伯各卣与和它配套的伯各尊，都是青铜制酒器。青铜成分中含有7%以上的铅，且合金中的铅易溶于酒。如果经常喝铅含量达到7%的合金所盛放的溶液，可能引起慢性铅中毒。铅中毒给人健康带来的负面影响就大了，让人中枢神经系统受损，会使人失了智。

与此同时，周朝颁布"禁酒令"对饮酒的影响也是不可忽视的。因有纣王的前车之鉴，周武王的弟弟周公旦在辅佐武王执政时颁布了"禁酒令"《酒诰》。除却亡国教训外，其中另以三条理由禁酒：浪费粮食、易误事、违背礼节。尽管有此禁令，但是此令只是对饮酒人员的范围做出规范，此外仍有许多允许饮酒的特殊时间或节日（如祭祀时）。因此《酒诰》的效果还有待考究。而酒并没有被完全严格限制的原因我认为有两点：祭祀时的需要、政治行为的需要。此外，还有资料表示酒有战争时鼓舞士气和治病的功效。

从周朝的酒文化可以联想到今日的饮酒文化，似乎限制一直都是存在的。这些限制也渐渐变得更加合理化，同时酒文化在社会上的影响也未曾缺席。现代社会对饮酒文化的依赖性是无法否认的，然而其负面影响真的可以在现有的限制下被最小化吗？总而言之，从周朝兴起的饮酒之礼，延伸至了今日。我不知该称其为"传承"，抑或是一种原地踏步。

四

书写本次报告时，哪怕是此前抱着要写一份观展报告的心理预设，哪怕是逐字逐句地阅读了各个展柜前的介绍词，在我真正打开文档开始写作时内心仍是一片空白。那么，平时我们观看的很多展览中，真正铭记在心的又有多少？或许心中会留下一个个随着时间推移日渐模糊的图像，一个不知如何描述其形状的器物。

观展的途中我拍摄了许多照片，同时也拿着笔记本在做简短的记录。而在现场，我也看到大部分的观展者都在拍照。那么，整个展馆的摄影者中，我想我或许可以称自己为真正的"观展者"了。是什么造就了这样的不同？有学习任务的人拍照是为了留下第一手资料，没有学习任务的人似乎也觉得不拍照就没有留下什么观展的痕迹。我想大概是我所做的笔记，是笔尖在纸面上书写这一行为本身，以及这一行为所需要的素材，使得那些文字也浅浅地在我心中留下了痕迹，比他们留下更深一些的痕迹。

有价值的展览已成为了学习的一种方式，会有更多观看者的文字与思想被记录下来，我无法简单地将大部分参观展览的行为归纳为"表面行为"。在展览中，我也看到了许多可爱的人：在孩子提问时耐心阅读解说词并回答的爸爸、搀扶着年迈母亲的女儿等。总而言之，观展这一件事可能是一件学术行为，也可以是一个休闲活动。我私心希望展览可以给越来越多的人带来快乐与知识。

皎洁月光

——读《月亮与六便士》

或许人在某一个瞬间都会被命运选中，原本细水长流的每一天突然间就成为梦想和内心所求的死敌，成为一张束缚的网。也有人挣破了命运的网。斯特里克兰德便在岁月静好的某一天里，和他安稳的现状、美满的家庭，斗了个鱼死网破。

在评说毛姆作品的众多名言中，广为人知的或许应该就是这句话："满地都是六便士，他却抬头看见了月亮。"每当想起这句话，一位红色毛发、不修边幅的男人——斯特里克兰德似乎就浮现在脑海里。在我看来，他就是一位被命运选中的人。

这位被选中的人充满矛盾的力量。我瞧不起他没有尽到一个丈夫和父亲的责任，但我对他叹服的，不是为他留给世人的艺术，不是他放下一切的勇气，而是他的惊世骇俗只是出于本能。是本能啊，是他灵与肉的一部分。他的眼里只有月亮，他不是出于对钱财的厌恶，或是说他只看得起艺术所带来的价值而拒绝功名利禄。在我看来，他只不过是看不到这些东西的存在罢了，那一轮月光，成为他天空的全部，占据了他的视野、他的心。脚底下的东西真实地存在着，又如何呢？对于他而言都是虚无。

斯特里克兰德毅然打碎了他工作稳定、家庭美满的日常，只为自由地拿起画笔。多么无情无义且不留退路的选择，可在他看来，只如溺水之人在水中挣扎，大口大口地想要呼吸，想要活下去。"我必须画画儿。我由不了我自己。"他说。创作欲便是扑面而来令人窒息的潮水，斯特里克兰德没有躲避的机会，他只能顺流而下。

初见便主动地受到斯特里克兰德"操控"的勃朗什，恐惧着自己注定到来的沦陷：这也使得施特略夫作为丈夫的尊严和骄傲都被他欣赏赞叹的那个人踩在脚下。还有全心全意守护爱情的爱塔，忍受了周围环境的一切困难，只是默默地做执迷追求艺术的斯特里克兰德的陪伴者……我以为毛姆瞧不起女人，但他笔下的爱塔和她的爱情又是多么的纯真而炽热。如果说斯特里克兰德拿起笔时他看到了自己的月亮，那么他所画的月辉里也多少有这个女子的身影。

以"爱"来形容斯特里克兰德、勃朗什和爱塔这些人物的种种行为动机是远远不够的，毛姆想表达的更多是无可逆转的、强大的命运，是一种抓住心脏的、让人近乎失去理智的力量。人们平日里所诉说的"爱"远比这些要温柔而理智得多。看到它的存在，这是令人欣喜的。颠覆式的改变使人不适，但也使人对这个世界充满了怪诞的希望——连这样的事情都发生了，还有什么不可以的呢？在我眼里，斯特里克兰德对创作疯狂的"爱"的一系列不顾后果的可恶行径中，也带有一丝浪漫主义的颜色。有时，我会想，如果我是斯特里克兰德，我会迈出怎样的一步？我不能简单地从道义上批判斯特里克兰德，可是这个问题真的可以成立吗？或许如我前面所说，这是一个没有选择的选择，如果非要说的话，这是一个命运早就替世人做完了的选择。

或许人在某一个瞬间都会被命运选中，原本细水长流的每一天突然间就成为梦想和内心所求的死敌，成为一张束缚的网。也有人挣破了命运的网。斯特里克兰德便在岁月静好的某一天里，和他安稳的现状、美满的家庭，斗了个鱼死网破。网破之后得到了修补。而鱼呢？它并没有死去，尚存一线生机的它游入了大海，用它所能想象到的最自由的姿态游了起来。

毛姆展示的这一切令我目瞪口呆，也让我心潮澎湃。我不知道我有没有可能会被命运中的某种东西选中，还是说我已经被"幸免"，选中我的是平淡无奇的一生。若是前路上没有什么轰轰烈烈的邂逅，让我去追寻那摆脱不掉的皎洁月光，那我就做"斯特里克兰德们"的欣赏者。平静的海面是稀疏平常的，斯特里克兰德的人生不也曾是如此吗？在感受到对未知的一丝惶恐时，我似乎听到毛姆在高声吟诵："我是准备踏上怪石嶙峋的山崖，奔赴暗礁满布的海滩的。"

长河之光
——读《人类的群星闪耀时》

> 在每一秒都会反转的情节里，命运的无常仿佛嬉闹一般，人的选择权是多么微小无力。谁又知道这一颗颗人类的星星或许只是命运借以创造伟大的工具。那个有资格肩负任务去成就伟大的勇者，可能只是在求生的困境中拼尽全力生存下来的人。

自古人们歌颂的事物，似乎总是与正义相关。而我每每思及"伟大"，心中所念及的也是一座座光鲜亮丽的丰碑。《人类的群星闪耀时》所讲述的故事实际上重新塑造了我对"伟大"这一词的理解。满目的光辉，以及组成这光辉的点点星辰，在我无法触及的历史长河中闪烁着。这本书为我揭开了其神秘的一角。

巴尔沃亚是我在本书中接触的第一个人物形象。他是一个在年富力强之时发现了自己的人生使命的幸运儿。同时，他也是诡计多端、野心勃勃的。但是，因为他成就了历史性的传奇瞬间，便与其他同样具有野心的

"小人"区别开来了。他传奇命运的开端也是在一个瞬间——正是在那个瞬间他的生命开始散发微弱的光亮。而极具讽刺意味的是，他的伟大瞬间是由一个为了藏匿自己采用的见不得人的手段引发的。我们后人无法洞察的许多微小瞬间已经模糊，而那个跨越了历史，闪耀着存在于人类记忆长河里的那个伟大的瞬间是清晰的：巴尔沃亚成为目睹太平洋的欧洲第一人，"他的眼睛是反映出这一大片无涯海洋的蓝色的第一双欧洲人的眼睛呀"。就在那片神秘的海洋进入他的视野的一瞬间，他命运扭转的决定性时刻到来了。可以确定的是，这颗星星在历史长河中的光芒注定已经无法被掩盖。我们心甘情愿地臣服于这个伟人——尽管我同时也透过文字凝视着他在通向伟大的这条路上浸染的黑暗，看到了他生命结束之时被命运抛弃的结局。但这些又怎能妨碍他的伟大呢？这世间或许总会有肩负使命的探索者，但在那片海域他是永恒的第一人。

命运之手紧紧扼住巴尔沃亚的咽喉，把他送上了高处，在奇迹的一瞬闪现过后便撒手离去。而也有人站在高山之巅，却被命运丢下的一颗小石子绊倒，便再难站立。拿破仑便是那被小石子绊倒的人，起到决定性影响的那颗小石子是格鲁希。拿破仑重振旗鼓后，命格鲁希追击普鲁士军队。在听到部下赶往战场的提议后，格鲁希用了一分钟的时间来考虑并最终否决。结局是显而易见的：在援兵数量悬殊的情况下，滑铁卢战场上的法军全军溃败。

拿破仑最后一战的惨败并不妨碍他在法国大革命时期的壮举使他在历史长河上璀璨留名。然而，值得讨论的却是那一分钟，格鲁希做下决定的一分钟。那是原本可以成为最伟大的一分钟的一分钟，可它最终成为最使人追悔的一分钟。是格鲁希摧毁了这份伟大吗？他只是履行他作为军人的忠诚。也正是这份循规蹈矩使得他与"伟大"二字背道而驰了。片刻的犹豫曾断送了多少人通向伟大的道路呢？可惜的是那一分钟不仅是格鲁希的一分钟，也是拿破仑的一分钟，更是法国的一分钟。背负了如此之多的一分钟，拿破仑光芒的陨落就更使人叹息。

在每一秒都会反转的情节里，命运的无常仿佛嬉闹一般，人的选择权是多么微小无力。谁又知道这一颗颗人类的星星或许只是命运借以创造伟大的工具。那个有资格肩负任务去成就伟大的勇者，可能只是在求生的困境中拼尽全力生存下来的人。也或许命运它从未刻意挑选，"因为伟大的事业降临到渺小人物身上，仅仅是短暂的瞬间"。或许每个人都曾与这个瞬间擦肩而过，或许是在无数个一分钟里，大部分的人选择了成为普通人。而也总有一群凭借坚韧灵魂和非常手段的人接下了这伟大事业的火炬，他们在黑暗的角落中、在鲜血横流的战场上、在远离文明的地方、在没有希望的低谷奋力奔跑，为着生存下去，抑或是更加伟大、更加渺小的目的，终究成就了一个个伟大的瞬间。至少在那些瞬间里，他们是不朽事业的主宰者。

聆听死亡的歌唱

——读《杀死一只知更鸟》

我们都知道这世上有生与死，有光明与黑暗。可是年幼时的我们许多时候身处于光明中，见证过生，但是却甚少走近黑暗与死亡。有一些温柔的手掌怀着爱意遮挡了我们的视野。

看到标题的第一眼，我内心给《杀死一只知更鸟》一书作了如下预设："杀"这样冰冷的字眼被放置在一个美妙的生灵旁，展现着赤裸裸的黑暗。然而合上书本后的我要说，这是一个很美的故事。它真实地展现了尖锐的冲突——社会的黑暗面带来的心理钝痛是无法避免的，但是字里行间展示的却满是力量。我没有提"希望"这个词，并不意味着我没有从本书中品尝到希望，而是希望的微光在力量的对比下显得多么微不足道。这份力量感来源于阿蒂克斯、杰姆和斯库特紧握的手中。

阿蒂克斯是斯库特和杰姆的父亲，他总

是举着引领孩子们还有一些镇上居民的火炬。在这样一个种族平等与性别平等仍很遥远的小镇上，他坚定地以他自己的方式施行着教育。他早早地以言传身教的方式影响孩子们养成了阅读的习惯，他并不盲从于不合理的社会规则。当斯库特在学校被老师告知不应该继续阅读时，阿蒂克斯为孩子保留了阅读的一方自由乐土；当家族中的人对斯库特"不淑女"的行为表示不满和怀着纠正的欲望时，阿蒂克斯并没有支持这样的约束……然而，阿蒂克斯在当时也是一个很特殊的父亲，镇上的人因为种种原因批判他"做家长不称职"。哪怕是以今日许多人的教育理念来衡量，阿蒂克斯也是特别的。他先进的教育理念使得孩子们特立独行于那个满是不平等、不理智与歧视的世界。浑浊的俗世是阿蒂克斯用于教育的一面明镜。"死亡"作为贯穿文章时间线的事项便是这面明镜重要的组成部分。当年幼的我在家人面前提起"死"，他们大多面露惊恐并制止我再提这个"不详"的字眼。当"负面话题"在许多教育者眼中成为儿童教育的禁区时，阿蒂克斯并没有遮住孩子们窥探黑暗的眼睛——相反地，他为孩子们照亮了黑暗，让他们得以深深地凝视，看清楚黑暗的模样。

　　杜博斯太太之死是斯库特第一次面对的死亡。她是一位镇上的居民，年事已高，脾气暴躁。当孩子们路经她的花园时，她挑剔斯库特和杰姆的行为，还在他们面前攻击阿蒂克斯"给黑鬼帮腔"。少年心性难免冲动，纵使是作为哥哥的杰姆也终于忍无可忍，破坏了杜博斯太太花园中的山茶花枝以发泄。被激怒的杜博斯太太要求他为她念一个月书作为补偿。阿蒂克斯在听闻此事后，并没有因为儿子闯祸的动机是为他抱不平而宽恕杰姆的行为。反之，他要求杰姆履行这份赔偿的责任。在念书的过程中，杰姆和斯库特看见了杜博斯太太在病床上的吓人样子，看到了和她在花园里颐指气使的市井老妇人形象不同的那一面。对于拥有着年轻身体和无尽活力的孩子们而言，这是多么陌生的画面。然而，或许要真实地感知到"死亡"的临近和存在，唯有通过亲身经历。正是因为如此，阿蒂克斯并不害怕他的孩子们去目睹丑陋的场面，他将此作为一个教育的契机。念书结束不久后，便传来了杜博斯太太死去的消息。她是因病去世，而她的夙愿便是在死前戒掉吗啡瘾，干干净净地离开人世，而最终她做到了。阿蒂克斯告诉杰姆："我想让你见识一下什么是真正的勇敢，而不要错误地认为一个人手握枪支就是勇敢。"纵使杜博斯太太无法控制她唾液的流淌，纵使她言语过激、性格挑剔暴躁，直至死去的一刻她内心对阿蒂克斯仍是不认同的，可是她的勇敢作为一种独立且值得尊重的人格品质被阿蒂克斯辨识出来，并给孩子们上了一课。阿蒂克斯不计较杜博斯太太对自己的种种非议，在孩子们提及时似乎这都是云淡风轻的小事。但是在他的教育理念中，杜博斯太太的勇敢却不是一个可以被忽视的品质，她凭借自己的毅力和勇气在病痛中克服了药瘾，无怨无悔地为自己的生命画上终点。阿蒂克斯教给杰姆和斯库特什么是勇敢，可除此外他们还应学到了理性地看待事物和人的两面性——看到杜博斯太太种种缺陷和思想上的冲突时，也不要因偏见而忽略她人格中的伟大之处。可惜的是，今日拥有这类教育理念的家长不多，这也导致许多人缺失多角度看待事物以及理性辩证的能力。

　　勇敢是成长过程中不可缺失的一课，而正义感是为勇敢指引方向的路标。阿蒂克斯负责的黑人汤姆的诉讼案贯穿了全文。阿蒂克斯的这项职责为杰姆和斯库特带来的是如杜博斯太太一般的非议，这样的非议在学校中蔓延开来，也影响到了他们与镇上其他人的关系。作为父亲，阿蒂克斯应是能够预料的，然而秉承着他对正义的信念、对孩子们的信任和他的勇敢，他全心全意地投入这个案子。在法庭上的剧情无疑是全文最使我热血沸腾的一段，若是我能坐在观众席，我或许会不自禁地起身为他鼓掌。庭审的结果与孩子们的，或是作为读者的我预料的不尽相同。阿蒂克斯的逻辑和证据输给了人性中的盲从。但是，我想这个故事告诉孩子们的不仅是现实世界中的得理者并不总具有主宰的能力，也不仅是为了批判镇上那些明明感知到了公正的存在却不以己力去践行的人。汤姆最终含冤离开人世，遗留世间的家庭也只有少数人问津。但是这个故事对于斯库特、杰姆一定是终生无法磨灭的记忆。

汤姆被告的原因是"强奸"，这也是在法庭上审问进行到相关的部分时妇女和孩子被要求离场的理由，因为这是"不适合他们的东西"。然而，当阿蒂克斯得知斯库特和杰姆在观众席上聆听时，他并没有表示出相关的态度，相反地，他认为他们应该听一听这次庭审。斯库特的心理是由第一视角展现的，年幼的她未必真正懂得"强奸"意味着什么，正好比她不理解黑人和白人之间无法跨越的那些鸿沟一般。对于还未真正接触到社会面貌的她而言，尽管她能隐约感受到黑人受到的不同待遇，但在她心里大家都是一样的人。当阿蒂克斯通过指出控告方言论中的疑点证明了汤姆的无罪，但评审团经过商议给出的结果却是有罪时，斯库特愤怒的疑问是：为什么人们能够这样残害"家乡的人"呢？这无疑是一个简单到不会被提出的疑问。是了，在那个时代的那个小镇，作为一个黑人，被告发的那一刻汤姆其实已经走上了死刑架。可是这个问题原本的本质就是，大家都是住在同一个小镇上的居民，为什么要对其中一个群体进行残害呢？斯库特的疑问充分体现了她对社会情况的不了解，但是这也表现了她本性的善良。她相信人类作为一个群体要团结与互爱，并且她自己的意识观念里也践行着这一点。她自然地对不公正的事物感到愤怒和失望，正如一同旁听的迪儿在庭审过程中爆发出的哭泣一样。"等他再长大些，就不会觉得恶心，不会再为此哭起来。也许事情会让他震惊——觉得不对，但他不会再哭了，过几年他就不会再为此哭泣了"。当人们长此以往地处于一个环境，似乎再使人感到反常与不平的事也会变得司空见惯，那么如同白纸一样在这般环境中成长的人更容易接受来自于大环境的观念灌输。因此最初的愤怒、改变的欲望，或许在成长的过程中会被磨灭，再在寒风的强压下塑造成一个与初衷相去甚远的形状。

败诉后，阿蒂克斯对孩子们说："好，我们迈出了一步——虽然是一小步，但总算迈出去了。"哪怕这一步的结果并没有为汤姆带来公正，但这是真真切切的一步，这是动摇了镇上一个被广泛地接受的谎言的一步。哪怕结局仍被谎言的黑暗笼罩着——审判的结果对于任何一个相信正义的人无疑是一个打击。汤姆宿命般的死亡让孩子感受到了近在身边的不公正，亲眼目睹了与自己生活在同一处的人如何变成"暴徒"，同时他们也在讶异中意识到了"每一伙暴徒都是由你认识的人组成的"。可是更为重要的，是他们也见证了如何在黑暗中迈出步伐——就如他们站在法庭中央的父亲阿蒂克斯的所作所为一般。他没有阻止孩子们去看到世界的真相，也给孩子们展示了他一个人的战斗。而这也是汤姆这一课给孩子们带来的，人或许不能永远热泪盈眶，但是人可以永远在信念中抗争下去——这份信念未必是对希望存在于世界某处的信念，而是对心中道义原则的信念。

若是斯库特和杰姆没有在那一日决定走入法庭，见证那场给他们带来过希望，又带来愤怒和失落的庭审，并且感受到曾经距离他们那么近、那么鲜活的一个生命被不正义扼杀，那他们怎么能够这般深刻地领悟这一课的真谛，他们又怎能清晰地辨识出对黑人的偏见是如何沾染鲜血的黑暗谎言？有多少个"暴徒"是未经做出理性的选择，便拿起了屠刀呢？

我们都知道这世上有生与死，有光明与黑暗。可是年幼时的我们许多时候身处于光明中，见证过生，但是却甚少走近黑暗与死亡。有一些温柔的手掌怀着爱意遮挡了我们的视野。当年幼的我在家人面前提起"死"字，他们大多面露惊恐并制止我再提这个"不详"的字眼。我的疑惑就如此被这份恐慌掩盖了。我曾对生活中的一些事感到不平和质疑，我也收到过"等你长大了你就明白了"这般的回答。对待这个世界上的一些事情，有的人已经麻木，有的人虽未麻木但也已习以为常——但是作为教育者与长者，当一个孩子提出真诚的疑问，请真诚而严肃地以他/她能够理解的方式回答。掩饰和敷衍并不是保护，能看清真相并且行动才是强大。既然我们从小要学习如何在世上生活，要在未来施行正义——那我们也应当明白何谓死亡，看清何谓黑暗。

　　书本上的宣传语称本书为一本"良知启蒙",但我却觉得
这是给教育者们的启蒙课。对于道德观念尚未形成的孩童而
言,本书对他们而言是难读的。以一名青少年的视角读来,相
比起本书对道德观念的影响,它更是引发了我对教育的思考。
因此,我认为这本书是值得所有教育者阅读的。

　　我常觉得,凝聚一个家庭的东西不仅仅是流淌的血缘关
系。相亲相爱在我的定义中是建立在相敬的基础上的。这指的
不是言语和理解上的繁复,而是互相之间内心的敬与佩,这种
敬佩也成了建立信任的基础。阿蒂克斯给了孩子们许多同龄人
没有的自由,也给他们展示了许多同龄人看不到的东西。这一
家人紧握着彼此的手,从黑暗中走向不可预见的地方,我并不
能断言他们前进的方向,但我真诚而坚定地相信那里是美好而
光明的,有阿蒂克斯温暖的火炉和他阅读的报刊,有堆起的书
籍,还有知更鸟歌唱的声音。这个地方是他们明亮的家。

外国文学佳作品评（四则）

有多少人在利欲的熏迷之下忘记了"有东西要大家分享""应该交还你所捡得的东西"以及"公平游戏"等这些信条，他们除去挣脱了累赘的信条束缚，又得到了什么呢？

一、《狼王洛波》

在这篇文章中，狼被赋予灵性的思维、人性的视角。它有野性，可它也有温柔细腻的情感，作者巧妙而又不突兀地将这两者结合在狼的身上。故事的结尾也是悲壮而惹人唏嘘的，狼王之死，是艺术的，这样的死亡没有掩盖狼的天性，却又多了几分情感的唯美和感伤。

文章用了很大的篇幅着笔于"老狼精"顽固的对抗和狡诈，以至于没有一个人能成功地抓住它与它的族人。这样的悬念设置并不新奇，因为作为读者，我早已料到后文它们会被抓获。真正吸引读者的，则是这一切的缘由，当最后明白其中一切，会有一种浑身释然的震撼。

狼的"本性"、狼的情感，文中捕狼的"我"以一种平淡而理智的态度述出。这样的冷静，会让读者第一时间以为是冷漠，但这样的"冷漠"，它充其量是一种生存的本能罢了。作为旁观者的我们，又怎么知道自己伤害了多少动物的情呢？除去在富有感染力的文字下感慨几句外，谁又会让这份感受长存于心？无疑作者是值得敬重的，感谢他使我感受到了片刻的柔软。

二、《国王的象叉》

这篇文章看似以丛林中大自然的故事展开，实际上围绕的是人性贪婪的话题。小男孩莫格里是一个属于森林的狼孩，他有一位年迈而见多识广的朋友——巨蟒卡阿。在卡阿的带领之下，莫格里见到了看守着巨大财宝的白色眼镜蛇。出乎白蛇意料的是，成长于大自然的莫格里并不追求金钱的贪得与虚华的物质，他并没有试图夺取它看管的财富。于是，莫格里战胜了白蛇，并带走了一件珍贵的宝物。这个宝物，后来却在人类间引发了激烈而残忍的争斗。作者颠覆了以往的作品中蛇类总是奸险阴毒的形象，他用小男孩"动物化"的视角，表达了对人世间虚荣与贪欲的不解和反感。在这样的框架下，动物自由而奔放的野性却和人类形成了鲜明而又讽刺的对比。

小男孩莫格里回到丛林的现象也值得深剖。作者将此理解为返祖现象。可从另一个角度看来，这样的回归是否是回归初心的一种隐喻？是什么样的恶鬼，将曾无忧奔跑于林间树下的人们，在千百年中变了模样？

三、《信条》

《信条》一文所传达的人生智慧看似平凡，实则贴近现实，引人深思。文中以一些看似众人皆知的道理为中心，提示了读者奉行行为准则的重要性。

信条，不同于知识，正如作者所言，是在人生的早期形成的准则，伴随人的一生，也是被社会大部分人所认同且践行的。哪怕真实的社会比起简单的理想更错综复杂，可总有人坚守着内心的信条。有时，这样的信条似乎过于烦琐复杂，可实则是人们长远的保护符。有多少人在利欲的熏迷之下忘记了"有东西要大家分享""应该交还你所捡得的东西"以及"公平游戏"等这些信条，他们除去挣脱了累赘的信条束缚，又得到了什么呢？孩子们在沙滩上，在纯洁的空气中嬉闹欢笑，可是这份单纯的快乐，对于失去信条的人早已是遥不可及。

作者用轻巧、愉悦而又有些忠告式的口吻，把这些道理又为处于少年的我们展现了一次。这或许是一个教导式的劝告，但又像是一个儿时的梦，像一个甜蜜的祝福。那些细腻的叮嘱可能来源于儿时老师、父母的教诲，却成了伴随我们一生的宝物。

四、《海底两万里》

　　《海底两万里》是法国作家儒勒·凡尔纳伟大的科幻小说作品，也是其名扬世界之作。故事讲述了主人公，一名法国生物学家阿龙纳斯教授受邀参与搜捕海怪（原来并没有海怪），意外地登上了一艘神奇的潜艇"鹦鹉"号，并与尼摩船长——一个"怪人"一同探索了海底两万里的万象的故事。

　　这本书的价值之一便在于其幻想色彩，写作时是一百余年前，可作者却通过合理的推理与想象描绘了一个绮丽壮美的海底世界，而这源于作者自身的远见与博学。其间，详尽的海底描述与讲解，使我这个对海洋一无所知的人也读得津津有味。字里行间所蕴含的丰富信息自然地教予我许多的知识。

　　文中尤为令我感兴趣的人物是个性"怪异"、难以捉摸的尼摩船长。他是个有血有肉的人物——会为祖国偿还巨额国债，会为友人之死落泪，会用金钱资助穷苦人。可正是他，却厌恶着陆地，逃避人类社会，要施行可怕的报复，这样的复仇心，也成了他于海洋徜徉不返的决心与动力。从他身上我看到的是旅者的孤独，正因孤独与恨，他成为旅者；正因他是一名旅者，他便更孤独。或许并不能如此武断地去评价如此一名人物。他所背负的太多，或许唯有在海洋中漂泊，才能找寻自己的归宿。无疑，他所长久忍耐的孤独与恨，在最后复仇之时已经释放。

　　我们神往海洋的蓝，阳光下的碧蓝，浅水处的浅蓝，可要探索海底万里之下那幽深的深蓝，这本书无疑是最佳的途径。

飞跃残垣的爱

——读《穿条纹睡衣的男孩》

我的目光、我的同情，和我无用的悔意，都付诸他们二人的命运上。但是这以外的东西，比如情感的浪潮退却之后的几分坚定的思考与信念，便是这些纯净灵魂为我留下的宝物吧。

那是发生在一个集中营里的故事。两个男孩子面对面坐着，身下是青草地，头顶是碧蓝天。他们在铁丝网的两侧。他们一个是集中营里的犹太人，另一个是纳粹军官的儿子。在我看来，代表着家庭与温暖床铺的"条纹睡衣"，会是一个怎样的故事呢？合上这本《穿条纹睡衣的男孩》的时候，我忍住了眼泪。

铁丝网这边的男孩子叫布鲁诺，一个活生生的出生于优越家庭、自由、有哀有乐的小男孩。他有着所有八岁孩子可能拥有的烦恼，要离开自己曾经的家和伙伴；有着清澈却什么都看不清楚的双眼，他看不明白所谓的农场和农场上升起的黑烟意味着人的死亡和尸体的燃烧，他也不明白为什么穿着"条纹衣"的"医生"的工作却是削土豆。布鲁诺看不懂这个世界，他享受着这个世界表面上那一层浅浅的、轻轻触碰一下就会破碎的快乐。直到布鲁诺和那个剃光了头发、穿着条纹衣的男孩希姆尔相遇。他们发生交集与对话，一点点地看到互相之间的不同，同时渐渐地了解彼此，是孩童时期的友谊应有的模样。大家都只是想要找到一个聆听自己说话的人，如果有一个这样的人出现，那么就在孩子气的笑意和眼神中交换彼此的信任和好意。对于布鲁诺来说，希姆尔就是这样的一个人。尽管和希姆尔的相遇又为布鲁诺增添了诸多对这个世界的不解。但在来自两个世界的声音中，他们宿命般地达到了和谐。

他们二人隔着铁丝网的会面和玩耍，握住彼此的手的瞬间在读者的心中总能留下深刻的印记。在那些场景中，我们压抑的心暂时得到了休憩。两颗心交互的时刻，是他们的伊甸园，又何尝不是我们的？尽管书的前部分没有过多使人心弦紧绷的描写，但总有许多伏笔早已埋下。看着这两个孩子一次次地走近彼此，走近了不该靠近的"歧路"，似乎总有蠢蠢欲动着的、预备着浮上表面的黑暗。

在布鲁诺的心中，他的爸爸是一个了不起的人，是一个爱着他的家人，是为了家人努力的男人。可是希姆尔却不知道自己的爸爸身在集中营的何处，生死难料。布鲁诺希望陪希姆尔找回自己的父亲，怀揣着这样的希望，他穿上了条纹睡衣，去到了他从未去过的铁丝网的彼端。似乎这只是这场友谊里水到渠成的一步，是一个温暖的抉择，可是在这些片段中，多少颗心开始翻滚。

　　混在犹太人群中，走向地狱之门的时候，两个男孩握着彼此的手，布鲁诺还不知道发生了什么。"你是我最好的朋友，希姆尔。"他说，"我一生中最好的朋友。"倾诉着感情的话语，他们的时间也敲响了最后的哀鸣。

　　太过触动心弦的作品，似乎更难使我沉静下来，找到我倾尽全力去写的一个突破点。因为每一页，每一个字，都酸酸软软地触碰着内心的情感。不知不觉间，就写成了一篇彻头彻尾的情感宣泄的读后感。所以，若要说这些文字是为了某一个目的而写，那便是为了自己的心吧。在读书时泪湿了眼眶，看电影时狠狠哭了一场，关上屏幕的时候泪水干在脸上，心里却还不痛快，便有了这些文字。

　　读这本书的过程是迅速的，悲伤的情绪也是急促而汹涌的。可是如作者在前文中所提到的："我处理的主题与今天息息相关——种族屠杀仍然存在，集中营仍然存在，种族仇恨仍然存在，并不仅仅是1940年代才会发生的事。"——我选择相信他是怀揣着对世人的某种告诫写下的。这样一个冰冷残酷却又温暖鲜活的故事想要告诉我们的，用"反纳粹"这几个字是无法轻易概括的。

　　或许是最后布鲁诺父亲的大喊，他终于体会到了每一个父母痛失爱子时的悲伤。不一样的立场、国籍，让沟通的桥梁折断，但是这些固执地盘旋在人性中的强烈的情感，总是以相近的方式穿梭在这些不同的地方之间。可这样的共通点的存在，在复杂的历史漩涡面前无济于事。

　　所幸，在人类丑陋的恶意和最恶劣的虐待与不平等的断壁残垣之间，总能开出纯净的花朵。

我的目光、我的同情，和我无用的悔意，都付诸他们二人的命运上。但是这以外的东西，比如情感的浪潮退却之后的几分坚定的思考与信念，便是这些纯净灵魂为我留下的宝物吧。

到达以前

——读《牧羊少年的奇幻旅行》

男孩最终踏上了他孤注一掷的勇敢征程。他放弃了安稳的牧羊生活，放弃了那个可能邂逅、迷恋他的女孩，来到异国他乡，历经奇幻后，心境已全然改变——尽管他未忘记自己命运与金字塔的联系，但对天命的信念已被尘世艰险磨得不剩几分了。

命运是我们常常讨论的东西，似乎当每个人开始清晰地拥有意识的时候，不论认同与否，我们都得知了命运这一名词的存在。只是不知这是一张密封好了附有内容的天之信笺，还是一张等待我们亲笔书写的白纸——就算它是一张白纸，谁是执笔的人？假如为我们的命运执笔的是所谓"天命"，那么天命到底是某种神秘力量，还是我们所不知道的属于我们的一部分？

小说《牧羊少年的奇幻旅行》中的牧羊少年圣地亚哥试图探寻这个答案。他梦中出现了金字塔——这个遥远而模糊的影像就像他命运之纸上闪亮的第一点，指引他追寻远方。纵观他的一生，我无法解读他与别人是如何连接的，是命运主动引路呢，还是男孩自己一步一步地走？撒冷之王为男孩的世界引入了"天命"和另一股与天命相抗衡的力量——"当你渴望得到某种东西时，最终一定能得到，因为这愿望来自宇宙的灵魂。那就是你在世间的使命。"由是，男孩每一个微小愿望都化作他宇宙之魂的一部分。每当提及宇宙，人们总仰头遥望那些不可触及的星辰。那些星辰是宇宙，可我们站立之处不也是宇宙吗？每个人何尝不是自己宇宙的中心呢？

男孩最终踏上了他孤注一掷的勇敢征程。他放弃了安稳的牧羊生活，放弃了那个可能邂逅、迷恋他的女孩，来到异国他乡。历经奇幻后，心境已全然改变，尽管他未忘记自己命运与金字塔的联系，但对天命的信念已被尘世艰险磨得不剩几分了。

但天命的存在，总而言之是美好的，如同在生命边缘推动他的那只手。天命如此强大，以至实现天命之途的每一个邂逅都似乎是一个个无可抗拒的巧合。它将他推向女巫，推向撒冷之王，再将他推向店长……当他被骗尽钱财时，他已意识到自己无力跨越浩瀚无垠的沙漠这一片苦海。这片苦海实则是若干年后褪去苦涩的甜蜜。苦海是流淌不尽的，但注定的甜美果实总会随着宇宙之魂的前进而降临到他身上，来到他自己宇宙的中心。那份甜美果实，正是路途上的种种经历。

金字塔是最宏大的，是他实现天命的里程碑。当他抵达了那"宝藏"，他终于明白那并不是金字塔。但假如没它作为一盏高悬在远方的指路明灯，他根本不会开始这样的旅途。他会走另一条路，他原本的生命轨迹——一条没被梦想追赶撞击而拓宽的路。这条路，如同在绿草地上觅食的羊群一样，对于羊群而言是如此熟悉，那上面处处都是生命安稳的呼吸声。

当他顺着命运绳结一步步迈出步伐，天命实则也在遥远处缓缓降下。路上种种邂逅如同"噢，你也在这里吗"这句话一样充满着宿命感。好像这些就是实现天命所必然附带的过程，又或是结局。当他终于结束长途跋涉，天命的降临也终于与他奔向的终点渐而重合，男孩已牢牢把命运紧握在自己手中。这一路上经历的一切，终点也好，终点以前也好，都是他的宝藏，都是他自己宇宙中闪亮的星辰。

生命是一场旅行，我们总是抱着一种阅读悬疑小说似的心情去看待，想要找寻一个答案或是一个真相，想要看看终点是何种模样。这场旅行一定是有终点的。当我们真的走到这段旅程的终点，幻想在周身铺满白色鲜花中做最后呼吸，在焚烧火花中剧烈氧化，或是在青青草地下缓慢氧化腐烂，或许我们不得不承认，那或许是时间的终点，但此前心的跳动与灵魂的碰撞，早已在世界的某一个角落留下了震动的余温。一直前进的方向，一直苦苦追寻的东西，是前路因风沙而模糊的金字塔，是那片遥不可及的绿洲，还是突然撞上心头的那个人的眼睛……

人的一生，苦苦找寻的，难道不是到达终点之前的宝藏么？

后 记

　　不知不觉间，金秋悄然而至。带着收获的希望和喜悦，女儿姚嘉卉的《皎洁月光》一书正式出版面世了，这是一部包含青涩回忆、岁月鎏金、人世真情、师友回忆以及负笈所感等内容的小文集，这也是她的第二本个人文集。

　　嘉卉自幼就表现出对文学的钟爱。她6岁便创作了她生命中的第一首诗歌——《生命在人间》，7岁起在报纸等媒体上公开发表文章，至小学毕业时已发表文章32篇，被深圳市作家协会吸收为会员。13岁出版个人文集《蕙兰小札》，饶宗颐老先生亲自为该书题写书名。16岁成为深圳特区报文学版专栏作家。她近10篇文章被新华社客户端转发，总点击量近800万，其中5篇点击量超过100万。不久前，她被中国散文学会吸收为会员。

　　"问渠那得清如许？为有源头活水来。"罗马不是一天建成的，小作家也不是一天炼成的。我认为，一个优秀的文学创作者一般来说离不开三方面条件：较高的天赋、足够的阅读量和丰富的阅历。嘉卉自幼对文字具有极深的感受力，她创作的第一首诗就是因为受电视里汶川大地震新闻报道的感染，她拿起纸笔，用夹杂着拼音的文字，饱含深情地写出了对死难者、被困者和救死扶伤子弟兵的由衷关爱。值得庆幸的是，我太太把女儿的这张手稿完好保存至今。嘉卉自幼乐读书、读书乐。她三四岁时从标注拼音的书籍开始，如痴如醉地阅读各种读物，在几乎读遍手头能读的书籍之后，常常从我和太太手里抢书看。她阅读范围极广，不论是文学、史学、心理学等，不论是中国的还是外国的，书只要到她手，她都是欣然开卷、甘之如饴。小学时她参加全市读书节现场作文比赛，她的一篇《书香伴我成长》荣获一等奖，说明读书正是她的少年之乐。进入中学之后，不管学业如何繁重，她总是抽空看书，电子读书器Kindle基本从不离身。秉持着"读万卷书还需行万里路"的理念，我和太太自她三四岁起就利用节假日或是休假等时间，带着她游历、寻访多地，足迹遍及祖国各地及几大洲，希望她能学游结合，丰富学识，开阔视野。

初中、高中是人生十分重要而特殊的时期。学业繁重，书山路艰。嘉卉和她的同龄人一样，也背负着极为繁重的课业。在习文同时，从未放松学业。不管在哪个学校，她当之无愧都是品学兼优的好学生。她还自小学起就参与帮扶地中海贫血儿童活动，在深中期间更是广泛参与丰富多彩的校园活动，先后参加模联、日语社、心理学社、经济学社和深中电视台等。高二时当选深中十大社团之一的涅槃新闻社的社长，带领团队做了大量有意义的活动。

"一分耕耘，一分收获。"在丹桂飘香、金秋送爽的时节，嘉卉这本《皎洁月光》出版，正是她献给自己最有意义、最弥足珍贵的18岁成人礼物！

本书的出版，凝聚了无数关心爱护嘉卉同学的亲友、老师和长辈们的心血。在这里要特别感谢深圳大学刘洪一教授、深圳技术大学张基宏书记、深圳中学朱华伟校长以及关云平、刘静、刘斌直、王木森、彭盛盛、钟志凌、王俊丽等先生（女士）！感谢嘉卉爷爷奶奶、外公外婆以及所有亲戚！还要感谢深圳出版集团及海天出版社的尹昌龙、聂雄前、张绪华和陈军先生（女士）的帮助和支持！

（姚文胜携爱侣蔡丽莉 谨识　2019年10月）